大地的初心

丁小村 / 著

漓江出版社

·桂林·

目　录

第三辑：生灵同天

第四辑：幸福源泉

第一辑：

大 ＼ 地 ＼ 初 ＼ 心

十二月自然小札

一月：看雪

小时候，冬天总是这样来到的：清晨，突然从梦中醒来，就看到了糊窗户的纸变得白而亮堂，睡眼惺忪中涌起一阵诧异，天这么快就亮了？悄悄起来，推开门一看：外边的早晨那么安宁，很明亮的早晨，眼前一片白雪。对面的山坡上，到处都像是被谁突然撒上了一层厚厚的面粉。空气是冷的，却是清爽的。空气仿佛被清洗了一遍，流进喉咙里，就像是最清澈洁净的山泉水。

这样面对雪地站着，连呼吸也很小心，这样的宁静，不容你去破坏。这样站了很久，看了很久，才觉得有些冷，这才恍然大悟：哦，冬天来了。

有雪的冬天才是真正的冬天。

看到雪，你才能感觉到冬天的宁静与博大。有一年在西安，是冬天，早晨起来，穿着厚厚的滑雪装走上街头，发现西安最宽阔的街道上铺满了厚厚的雪。街道是白的，城市仿佛变成了旷野。汽车在街上行走着，像小小的爬虫。有雪的早晨，城市也很安宁。雪安抚了躁动的城市。

有很多人站在站牌下等公共汽车。他们不声不响，就像是一些雕塑——不过这些雕塑是鲜活的，因为他们的眼睛里装满了清澈和宁静。当我看到这情景，就想起了很多小动物的眼睛，比如老鼠的，比如兔子的，比如狗的。这些小动物的眼睛通常就像儿童的一样，清澈善良。在这样一个有雪的早晨，在城市的一角，我看到了最善良、最清澈的眼睛。因为有了雪。

雪是洁净的。在雪的洗刷下，你可以找回你那颗失去已久的赤子之心。据说由于工业化和城市化，全球气温上升，空气变暖，甚至居住在我们这样一个小城镇，也会感觉到明显的热岛效应，雪还没降落下来就变成了水汽。现在，冬天里已经很难见到雪了，那些本该有雪的日子，变得灰沉沉、雾蒙蒙了。我记得在这座小城市里，看到最后一场降落下来的雪，也是好多年以前了。

那时我刚刚到一所中学任教，有一天早晨下了雪，从教学楼上望出去，所有的房顶上都铺满了雪，特别是操场上，那片雪仿佛伸手可及，一片柔软，一片清新。下课了，学生们都一拥而出，投向了雪的怀抱。上课铃响的时候，他们回来了。十分钟，他们跟雪亲近，就像亲近自己未泯的童心，触摸自己清新的童年。

这个时候，所有望向雪的眼睛，都是清澈的、透明的，像是婴儿的眼睛。

很多年没看到过雪了。没有雪的冬天，就像花朵失去了水分，美女失去了眼眸，诗歌失去了灵性……

为了安慰我们那无处刷洗的心灵，我们只好把期盼的眼睛投向远处的山峦——在那里，还保留着星星点点的雪，那样地耀眼，那样地洁白，就像一片梦境。

二月：临风

四季的风各有各的个性。燕子小巧的身子被吹斜，柳枝被拉成优美的弧形，池塘光滑的镜面上被描出丝丝纹理……这都是风的杰作。还有那漫天的乱云被赶得飞奔，柳絮被轻轻托上云霄，秋林黄叶被摘下枝头，那大漠沙丘滚动、燕山明月无光，那塞上长城砖头上的棱角消失，那海边雪浪被拨动得潮起潮落……风就像是人间一双灵巧无比的手，一支天界神奇无双的巨笔，雕塑自然的奇景，抒写个性的篇章。

雪莱的名诗题名为"西风颂"，这诗中又有名句："冬天来了，春天还会远吗？"这人人传诵的名篇佳句，描绘的就是二月的风。

二月，高处的雪开始融化，最早的花开始爆出星眸似的苞芽。风是从山巅吹来的，有冬天的寒冷，又有着春天的清新。雪化了，小河里的水清泠泠的，叮咚响着，在拐弯的地方形成一汪清澈。经冬的水田里，已经没有了冰，只有水，很干净的水，像过滤了的，当你站在这样安静的水边照见自己的影子时，风来了——先悄悄地拍打你，让你使劲儿颤抖一下，灵魂仿佛就要出窍；再顽皮地从水面上溜过去，也让水使劲儿地颤抖一下，水的灵魂也出窍了，一圈圈地形成了花瓣儿似的波纹……

水未暖，山欲醒，背阴的林带还积着厚厚的雪。歌声响起，是一群孩童，他们在有青草的地方放牧着几头小牛犊。我记得这样的情景，是小时候的情景。在料峭的风中，孩童们用枯枝和干草点起一堆野火，上升的烟雾被吹成弧线，慢慢消散，只留下火焰，照耀着冬天残留的寒冷和冷清。童年的歌声，在二月的风中，稚嫩单纯，却让我常常想起，引出丝丝怀恋。那是二月的风，冬天最后的余音，这风吹过之后，天上的太阳开始变暖，河里的水开始变大，树林会越来越青，鸟儿会越来越多……

少年时代，我从山梁上走过，上学放学，年年岁岁看山中的四季迈着优美的步伐走过。在二月，山梁上的小路上铺满冬天的黄叶，树林里走动着小动物，枯枝间飞动着小鸟儿，天边是绵延的山岭，在这庞大的宁静中，我听到二月的风的步履——它清晰的足音，像时间最悠扬的歌，给我无限的遐思。

我常常站在山道上，追寻着风的足迹。我看到风从山巅的雪线上吹过来，进入泥土的深处，我听到大地胸膛深处心灵的震颤。我看到风从山岭林莽的缝隙中吹过来，穿透了每一个灰

暗阴沉的角落,响出了清越激昂的声音。我看到风从比天空更
高的地方吹来,吹得树木和草丛都扬起头,把探寻的目光举得
更高,更高……最后,我看到一缕纤细的风,带着尖厉的呼
哨,走进我的鼻孔,走过我的喉咙,激荡着我的胸膛。我知
道,这是二月的风,它带着春天来了。

三月:喜雨

少年时代读古诗,对杜甫的《春夜喜雨》似懂非懂,唯
独对题目中一个"喜"字儿,印象深刻——感觉那扑面而来
的三月雨,使天空和大地都被欣慰和喜悦填满了。生在农村,
都知道春雨贵如油——三月的雨,是善解人意的雨,下得温和
适时,缓急有度,无可挑剔。

生活完美无缺,就是喜。

有什么比三月更完美无缺的呢?——

倘若你饿肚子,只需要走进三月,土地上到处生长着嫩枝
嫩叶,可以充塞你空洞的腹胃;倘若你身居乡村,只需要走进
三月,就可以看到满眼青山,秀色可餐,完全可以满足饥渴的
眼睛;倘若你为俗务所烦,只需要走进三月,就有温柔小雨洗
去你心头的烦扰,有轻盈的薄雾扫除你灵魂的尘垢。

对我来说,三月完全就是宗教信徒的天堂。天堂是上帝
的,三月却是实实在在的——我不敢保证只要我虔信上帝,上

帝就能给我天堂；但我知道，只要我渴盼三月，三月就能给我天堂。而造就这个天堂的，不是上帝而是自然，自然用一双灵巧神奇的手给我们描绘出一个天堂。

这双手，就是三月的雨——它塑造一切，点化一切；它大象无形，充塞天地；它至柔至刚，巧妙无比。这阳春三月的雨，它让我们感觉到生活还有彻彻底底的完美，它轻盈走来，像散花天女，给我们的生活中撒满了喜悦。

在你期盼泥土滋润的时候，它适时而来。一个夜晚，它改变了你眼前的一切。山青了，水澈了，树绿了，草长了。

鸟儿在鲜润的空气中沉醉地舞蹈。一只兔子，大胆地跑到山路边啃着青草，完全是一副饕餮之徒的模样，它尽情挥霍的样子，让你觉得大自然如此慷慨。

一群孩子，做了柳哨，吹出的调子，完全是一只鸟儿的歌声。牛儿拉着犁铧，在土地上带出美丽的波浪。种子在发芽，麦苗在拔节，已经有急不可耐的蚕豆花朵儿，张开了俏皮媚人的眼眸。

三月的雨，仿佛故事中拿了神笔的人，一夜之间，为我们描绘出令人惊叹的天堂和人间。

三月的雨，也给人间种植了生长和收获的力量。那些美丽的爱情故事，往往发生在三月，而爱情最富有诗意的场景，往往不能少了雨。就像碧空中的几缕白云，就像绿原上的几朵蓝花，像月夜的几颗星星，又像沧海中的几座小岛，倘若没有这些，自然的画面中会少几分灵动，人间的故事里会少几分鲜润。

踏青时节，三月的雨俏皮地在每个动人的故事中增添了一点儿微波细澜，于是，故事中出现了一朵小小的伞，像花，又像三月的眼眸。动人的眼眸，可以沉醉后来的人。

淅沥沥的小雨，下在春天的心坎上，一朵小小的伞，盛开在爱情的岁月里。

三月的城市，天桥上盛开着伞花。红红绿绿的伞，不是为了遮雨，而是一种心情的开放。所以有人把伞拿在手上，让雨落在头上；有人干脆合了伞，让温柔的喜雨润湿干燥的肌肤。人行道上的树变绿了，被浸润的树叶上闪着亮光，如同纯真的眸子；街边花园里的草青了，小草花开出了点点星星的小花朵儿，也是一派童真。

而那些动人的心情故事，就在伞与伞碰触的瞬间开始，就在小雨中演绎。

到了夜晚，街灯亮了，城市闪动着潮湿的眼眸——所有的躁动，被温柔的小雨抚慰着；所有的喧哗，被淡淡的小雨清扫着……铅华洗尽，只留下轻柔的歌吟，歌唱着生活最为质朴、最为宁静的那些时光。

在这样的时刻，天地间有一双虔诚的手，为所有安宁的灵魂祈祷，为所有纯真的心灵祝福。三月的雨，袅袅地来，袅袅地去，它温柔的回眸，让我们四季感念。

四月：探花

四月是春季里最热闹的月份。

看看那些南来北往、忙忙碌碌的放蜂人，你就知道，这是属于花的季节。公历的四月，不比农历，这个四月，不是"人间四月芳菲尽"的那个四月；这个四月，当属"万紫千红总是春"的四月——

春深：抬眼处都是花容袭人，行走间尽是芬芳沾衣。

这样的季节，只有两个词可描述：花枝乱颤，大红大紫。难怪久居城市的人纷纷到郊野踏青，把农村的田地都踏成了城市的大道。

但凡事一热闹，就少了几分意境——就像太爱说话的人，常常少了几分心思，难免出丑露乖；没有幽默感的人，常常当笑话为幽默，话还没出口，自己先笑岔了气：包袱先抖出来，结果总不能令人满意。

在四月里，赶着热闹去领略春色，但是，这过分的热闹，却实在难以给人以余味儿——太烈的酒不是好酒，太苦的茶也不是好茶，太完整的梦通常做过就忘，太热闹的景也就不会让人过于流连。

四月的美景，不在最热闹的地方。

难以想象，当你去观景，那里每一处都塞满了人，樱花树下打牌，牡丹园里抽烟，风景被煞尽，还有什么可赏玩的？

所以在四月，你尽管到最冷清处去探春，到山深处、水尽头去看花。把兰花从山中移栽到城市，固然迎来了一束馨香，却毕竟抹去了它原本的纯真……你还是到瘦瘠的山中去探望它动人的姿态吧。

和风轻吹，细雨漫洒，是上天给这些野生野长的花花草草们的恩赐。它们不负天光，开出一朵朵的花，瘦的瘦，肥的肥，艳的艳，淡的淡——算是各尽所能，报答了天恩。

如果你有幸到了林木幽深处，到了山野僻静处，看到这一束束的花，闻到这一缕缕的香，你也就算得上是有福之人，也分享了一份天恩。

那些需要你远足才能在不经意中一睹的花，往往不为你开，不为你谢。

它们不需要人工培植，它们也不接受特别的呵护。它们完全遵从自然的安排，不挑剔地生长——有风来，它们接受风，有雨来，它们接受雨；它们珍惜一丝丝的阳光，也能安然领受小动物们偶尔的伤害。

花园的花可以早开，可以早早迎来世人关注的目光，唯有那些山野的花，完全遵循季节的规律。它们不期待特别的青睐，不在乎游人难得的喝彩，安然接受远来的蜜蜂偶尔的探询。有些花，由于生长在幽深处、高寒处，开放的时节会晚一些，但它们也必然在冷落寂寞之处，举出一束热烈，不错过自

己的生命，不辜负上天的恩赐。

所以，在四月，当人们热热闹闹去踏青时，我愿意走得更远，去探寻那些被遗忘的角落，为那些独自开放的花喝彩。

放蜂人走向最偏僻的山野，为了寻找那干净清洁的花香。我走向最偏僻的山野，为了一睹自由烂漫的生命。

在我简陋的阳台上，也有一些花，它们被栽植在最普通的花盆里，没有接受特别的呵护，往往在季节的末端，闪出令人惊叹的光艳。我知道，在城市，这也是独立的一族，它们的命运被改变，离开了它们曾经生活的土地，但是它们依然不忘记自然的本分，在早春萌芽，在仲春长叶，在晚春，它们笑了——

不是那种春风得意的笑，而是生命里最质朴的快乐的笑。

五月：还乡

据说，如今城市加速膨胀，吞没了更多的乡土和田园，同时也把更多的乡下人变成了城市人。城市人被钢筋水泥包围着，向上，看不见灿烂的阳光；向下，触不到温柔的泥土。在凌晨四点，城市经历了一天的忙碌，烦躁的灵魂安宁下来，熟睡之中会发出呓语，它在轻轻呼唤——

故乡，故乡！

对于多数城市人来说，城市更像一个人工的湖泊，让所有生活在这里的水族都永远向往自己的大海——只有大海，才是它们永生的故乡。所以，凌晨四点，躁动的城市，会安宁地怀念故乡；野心勃勃的城市，会恢复一颗赤子之心；健壮的城市，会生出一种病，叫怀乡之病。

所以，我愿意把五月给城市，五月当属还乡的月份。我愿意在这个时刻回到乡间。也许你的乡下早已成为城市，但是任何一个乡村都可以做你暂时栖息的老屋，随便一捧泥土，都可以让你嗅到童年的芳香……五月，你应该回到乡村，到那僻静的乡村，去寻找一剂医治灵魂病痛的良药。

五月，在僻静的乡村，充满了端午的气息。山上青翠的竹叶被采回来，还带着露水的清香，竹叶本身也是有一种甜香的。然后包上糯米，放进蒸笼，乡村没被污染的泉水在锅里唱着乐呵呵的歌，冒着热腾腾的气。然后粽子的香味儿升起来，弥散在空中。新鲜的粽子出笼，再抹上刚刚从放蜂人那里换来的蜂蜜，一股花香扑面而来——小时候的端午，就是美味的端午。新采的艾叶香中带苦，新采的菖蒲悬挂在门楣，五月的乡村，到处都有童话中的房子。

五月，在我的家乡，端午必不可少的一道美味是煮鸡蛋。为什么人们喜欢在端午节吃鸡蛋，我曾经想弄明白这个道理，人们都知道，端午节本来是为纪念屈原的，我实在弄不明白，吃鸡蛋跟纪念屈原有什么关系。后来，我猜想，有两个可能，不过这两个可能都跟屈原没多大关系：一、农村条件简陋，鸡蛋是很金贵的东西，只有逢年过节才能如此慷慨地拿出来吃；

第一辑·大地初心

二、端午节时，正是新生鸡最初下蛋的时候，这时候的鸡蛋，应该最有营养。我的猜想，应该是很"物质"的，与纪念之类的精神活动没多大关系。

我的女儿出生时，为了能让她吃到那种被称为"土鸡蛋"的蛋，我们托许多乡下的亲戚朋友，到处买鸡蛋。现在，人们习惯把乡下的鸡生的蛋叫"土鸡蛋"，因为到处都是人工饲养的鸡，下出的蛋被称为"洋鸡蛋"——"洋鸡蛋"很便宜，"土鸡蛋"要贵得多——所以狡猾的贩子，往往在土鸡蛋里掺洋鸡蛋，混充着卖给我们，就像卖酒的在酒里掺假，卖药的在药里掺假，某食品商用去年的汤圆馅充来年的月饼馅……

在我的记忆中，第一次发现"土"也很可爱。我记得，往前推二十年，人们骂你是"土气""土疙瘩""土鳖"……凡人，一沾"土"字，身价就要掉几分；凡物，一沾"土"字，也就不那么可爱。而如今，"土"字也有涨价的时候。

而在五月，乡村里充满了货真价实的"土"。新孵出的鸡刚刚长成，新生鸡下的蛋小而真实，农家肥养大的新蒜薹刚刚长成，还有小小的青辣椒，刚刚晒成的香椿干菜，林地里新长出的野蘑菇……

一夜之间，乡村里到处都是最质朴的"土气"。这样的时节，你不归去，还等什么时候呢？

六月：听蛙

结庐在人境，到处有喧嚣。

015

城市有汽车隆隆驶过，店铺里的音乐震天价响，还有叫卖之声不绝于耳。农村有鸡鸣犬吠，有吆喝牛羊之声，有邻里间的吵架叫骂，虽比不上城市的喧嚣，但也断然不是宁静非常。

人间的声音叫市声，自然的声音叫天籁。

现在，充塞在我们耳孔里的市声是越来越响亮、越来越实在，天籁离我们却越来越远、越来越稀疏。

人间俗世之声是"物质"的，它让我们感到烦躁，感到恐慌，感到拥挤；而自然天籁却是"精神"的，它令我们感到清新，感到空灵，感到宁静。身居城市，无法领略天籁之妙，所以有人愿意远远跑到僻远的山里、海边、森林、草原，为的是寻找片刻的宁静，清洗一下自己的耳孔，听一听另一种声音，寻找大自然奇妙的音律。

山呼海啸，林涛阵阵，这是豪唱；秋风掠过树林，扑落满天黄叶，簌簌有声，这是低吟；还有那长空雁唳，草原狼嚎，自然是悲叹……如此丰富的声部，如此宽广的音域，足以见得大自然的奇妙。

可惜我们太多功利的心境，太少散淡的闲情，这使我们失去了多少领略天籁之妙的机会？

六月回到乡间，我最喜欢听的是蛙声。

在乡村，蛙是夏夜最热闹的歌手。自然万物的和声中，蛙是最少不了的领唱。乡村的小孩亲近蛙，喜欢跟蛙做玩伴，从蝌蚪的摇摆时代到青蛙的跳跃时代，乡村小孩把它当作自家养的宠物。蛙只要从蝌蚪变成小指头大的青蛙，似乎乡村里就有了它们放肆的叫声。夏夜里此起彼伏,声声入耳。

繁星满天,当你走在乡村的土路上,你仿佛走在一个交响乐演奏的现场,前后左右,都是密密麻麻的蛙声。天上的星星,眨闪着眼睛,仿佛是奇妙的灯光师,应和着这台音乐会的节奏,摇头晃脑地放肆着他的感觉,晃悠着他的灯光,展示着他的手艺。

黑夜里走在乡间,一不小心,青蛙会从你的脚背上跳过去,吓你一跳,却是虚惊。你不用到处找它,转眼间它就在附近无所顾忌地唱起来。

蛙这东西,一点儿也不在乎你的听觉和你的感受。

蛙是这样的:对于它们来说,你来到乡间,就是来到它们的家园,唱得好赖,你都得听下去。不过,在夏夜,蛙的确是最可爱的歌手,它们的声音未必很美妙动听,却绝对热闹,给乡村的夏夜增添了几分喜气。

当你来到六月的乡间,你会不由自主地赞叹这些不知疲倦的蛙——它们使单调的乡村变得活泼灵动、热热闹闹。

可能你很喜欢听小提琴吧,但是乡村里最受欢迎的却是唢呐。蛙声,就是乡村里喜气洋洋的唢呐之声。

我的孩子一岁时,家中增添了一盆金鱼。玻璃缸透明,金鱼绚丽,在水中游动的时候真是可爱至极。因为金鱼很贵,玻璃缸易碎,只能让她看不能让她玩,她才看几分钟就对金鱼没了兴趣。有天我们带她去乡间,看到一个大点儿的孩子在一只烂瓷盆里玩蝌蚪,她一下子来了兴致,趴在盆沿上,伸手去捞、去逮、去逗，玩得舍不得离开。

我知道，在城里养一盆蝌蚪是不现实的，纵然养了，当它们长大了变成了青蛙，它们又到哪里去找一片草丛、一片水塘，来练就自己的歌喉，装载自己的歌声？

我喜欢看科幻片，看多了，印象最深的，就是那些变异了的小东西。比如，环境受到污染，一只小小的青蛙居然变成凶猛的野兽——它可以吃人杀人。这个时候，一下子觉得青蛙如此恐怖，不再是童年时代乡村里那可爱的玩伴了。

人类往往把自己对自身的恐惧、对不可预料的未来的恐惧，寄托在这些善良的小东西身上，在我看来，有点儿顾左右而言他的味道。

倒是电视屏幕上的一群加拿大人非常可爱，他们在假日里来到森林的边缘，为的是听一听森林中的狼嗥。那是宁静的夜晚，人们早早地来到这里，然后静静站立在黑暗中，屏息凝声、清理耳孔，等待狼的嗥叫声。可是狼并不那么善解人意，它们并不嗥叫。这时候，我看到一个让我感动的场面，人群中有人伸长脖子，张开嘴巴，发出一声长长的啸叫——

片刻安宁之后，奇迹出现了，狼，仿佛听到了自己的同类的呼喊，于是，在黑暗的森林中，狼终于开始嗥叫了，此起彼伏，声声不绝。

这真是我听过的最美妙的声音！

当我回到乡间，在夏夜里听到蛙的叫声，我会不由自主地想起这个情景。比起狼的高傲，蛙要随和得多。它们不需要我发出它们那种声音，也自个儿热热闹闹地唱起来。

有一天看电视，看到一群城市孩子来到农家访问的镜头。他们充满好奇地参观农户，这里许许多多的东西对他们来说，都太新奇了，见所未见、闻所未闻。参观结束了，孩子们回到城市，回到他们熟悉的生活中。一个孩子在日记中写道："今天，我终于看到了真正的猪！"

看到这里，我不由哑然失笑：我知道，猪可是这世上最平常的家畜了，可是，这些城市孩子，他们最大的愿望是"希望动物园的叔叔阿姨们，能养几头猪给孩子们看"！可爱的孩子，除了玩具和卡通，他们难道见识过一头真正的猪吗？我不由想起我的孩子和她的蝌蚪，我只希望，流进水田里的化肥、农药少一些，再少一些，只希望，水田、青草地、池塘宽一些，再宽一些——那样，有一天，我带着孩子去乡间，还能让她听到热热闹闹的蛙声。

走在乡村的路上，听着声声蛙鸣，我暗暗祈祷：给我们的孩子，给所有人，留一点儿天籁吧，让我们多听一些大自然的声音吧！

七月：亲水

鱼儿离不开水，人也同样离不开水。地球上的生命原本就来自水世界，人的肉身构成约百分之八十是水。

人从一个小小的受精卵开始，成长于母体的温床上，最后长成人形——自始至终受到水的包裹，从母体的羊水中获取营养，呼吸空气，促进心脏的成长。

人死了，复归于自然，身体分解，大部分的水将回到土壤和空气中，参加自然的大循环。

人欢喜悲伤之时，流下的眼泪中，除了微乎其微的盐，剩下的依然是水。

既然人体大部分都是水，那么人亲近水，其实也就是寻找自己生命的本源。

生命离不开阳光、空气、水，这是众所周知的事实，所以人对于水的亲近就像孩子对于母亲，感恩之中形成了母子连心的亲情。

虽说地球温度不断在升高，南极和北极的冰山不断地融化，有人预言有一天这些冰山都融化了，将会把地球彻底变成一个水球。

在美国的科幻大片《未来水世界》里描述的未来中，人只能寄居于水上，为了抢夺一点点比黄金还贵重的泥土，人又回到了原始和野蛮的时代——这是人对于未来的恐惧。在人的恐惧中，似乎水也成了恐惧的一个组成要素。

但是，在现实中，人们更多的是对水的亲爱。

越来越多的地方却是现实地处在缺水的恐惧之中。

盛夏七月，气温不断上升，城市像一个巨大的烤箱，人们处在城市这个热岛中，更多的是感受到身体里的水在不断地被蒸发，不断地被耗费。

水泥墙、街道、交通工具、高功率的家用电器，不断地在散热，散热，使城市这个人工居住环境，变成了一台加速运转的大机器，在机器的高速运转之中，我们感觉到的是热、热、热。

于是城市告急，出现了水荒。很多大城市，在七月，人们拼命地贮水，自来水不断地中断，水成了生活中最宝贵的东西。

这个时候，你倒是感觉，这水就像是《未来水世界》中的土壤一样，成为最贵重的东西。在七月的高热中，人们亲水，节省一点点的水，只要是清凉的、纯净的。

人们吃冰、喝冷饮，不放过任何一点水。

送水的车子，飞奔在城市发烧的道路上；水上世界的消费昂贵，但还是吸引了越来越多的成人和孩子。

七月亲水，完全是人们对生命本源的那种依赖，在我看来，就像是绿叶对阳光的依赖，就像是孩子对母亲的依赖，就像是青春对理想的依赖——这完全是来自生命最本真的要求。

在七月，你来到任何一座大都市，水上世界的广告都铺天盖地，你走进任何一处水上世界，看到游泳池中清亮亮的水，看到高架水道末端翻滚的水花，看到人工湖泊里划艇犁出的纤细波纹，你都会产生想要将这些可爱的水拥入怀中的感觉。

七月亲水，完全是一种奢侈的享受。

因为奢侈，所以孩子们的脸上闪动着水珠的晶莹；因为奢侈，成人们的肌肤上，滑落着冰凉的水滴；因为奢侈，亲水的时光需要用不菲的金钱来支付；因为奢侈，人们得用更多的劳动来赢得这些消费的时光。

我居住在陕南，处在秦岭南坡——秦岭作为中国地理和气候的南北分界线，它舒缓的南坡，刚好成为大自然行云布雨的最佳场所。温暖湿润的气候，使得秦岭南坡葱绿滋润。也因为自然环境的封闭，南有巴山、北有秦岭，栈道多艰险、蜀道行路难，在历史上这里受到人工干预的程度小，它因此得以在群山之中保留了一块天然的绿色走廊。

因此，这里也是一块多水的山地。

在陕南山地，沟谷之中往往泉水清澈，一路歌吟；山岭中间有千百条清清山溪，汇集成河——在河谷盆地，这些河流吸纳了山中的澄澈的云气，哺育稻麦瓜果。

无论在任何一处城镇还是乡村，无论是在山上还是河谷，你只要走出三步，就能听到淙淙水声，看到池塘如镜……这真是自然的赏赐。

七月里，你无需遮阳帽，无需游泳衣，只须拣那山色青处走，峰回路转，一湾清泉会突然出现在眼前，无须下水，就觉得凉意顿生。

你也可以朝树木葱茏处行走，柳暗花明，会出现一泓眼波似的池塘，这是清清沧浪水，洗去你满面尘土，泼洒给你一身清爽……

在这僻远宁静的山中,不仅处处有水,给你澄澈清净,而且会使你心静如水,自然一派凉意。

无需冰块,无需冰镇饮料,青山绿水自成冷暖适度的空调,也无需水上世界昂贵的门票——在七月,还有什么比这更廉价更惬意的事呢?

八月:对月

在太空中,月球是离地球最近的星球,尽管它只是一颗小小的卫星——但地球也只是太阳的一颗小小的行星。

月球更像是地球随身携带的一个小玩偶:小巧,可爱,不离不弃。

因为这一层宇宙空间的关系,我们人类在想到月亮时,难免带着更多的亲切的感觉——这也许就是古往今来人类都有的共同情怀。

古代有九个太阳,把大地都晒干了,人类没法生存了,于是出来一个大英雄:后羿,他把九个太阳射掉了八个,给我们留下了一个不至于热得没法活的地球。在古老神话中,人类是惧怕太阳的。

但人类不怕月亮:嫦娥奔月——那里有传说中的仙宫,只有嫦娥这么美丽的仙女,才配居住。陪伴她的,是一只可爱的玉兔,和一棵簌簌落花的桂树。在古老的神话中,月亮的世界让人向往。

　　一轮明月，高悬夜空，如同闪亮的魔镜，可以幻化出无数美好的神话。一轮明月，把山水都照得如同美妙的幻境，把世界过滤成单纯唯美的景致——夏秋季节的月夜，有着一年四季最好的夜景。

　　在乡村，在寂静的山里，月亮给人一种孤独清寒的感觉。

　　这是一种神奇的体验。你试着一个人站在山间，四周是热闹的虫鸣，身边有无数的草树摇曳，远近是重叠的山峦的影子，只要你抬头看看天空，这些听觉和视觉仿佛都消失了，天地虚旷，唯有你独立天地间。

　　这时你看到，在干净如洗的夜空中，唯有一面闪亮的飞天之镜，它曾经照耀过万古时光，此夜归于澄明。

　　求静可得静，最好的方式，莫过于在一个清凉的夏夜或者秋夜，在乡间，抛却无数凡尘，抬头仰望天空。

　　这轮明月可以带走。

　　你行走千里，踏过异乡的土地，在时光的另一头，你依然可以抬头看到一轮明月——这仿佛是你曾经看到过、记忆中的那一轮：那么亲切，那么不离不弃。

　　这轮月还可以共同拥有。

　　千里共婵娟。相距千里万里，当你们同时抬头仰望的时候，天空中那轮明月此时宛如一面高悬的明镜——这里边会映现出你们彼此的笑容。

　　在我们的传统文化中，天空中这轮小小的明月，承载了丰富的诗意想象，因此只要我们看到月亮，就难免心头涌出无数的文化意象。

这是后人的一种福分，因为人类不过是以大自然为镜子，从中看到或者想象人类自己的美丽生活。

在中国古老的传统中，一年中月亮最大、最圆、最亮的这一天被定为中秋节。

人们对月亮怀有一份诗意而亲切的感觉：月圆人圆，这是亲人团聚的节日。月到中秋分外明，这也是思念亲人的时节，把酒对月，相隔千里万里，你我对的是同一轮明月。月是故乡明，这也是游子思家的节日，就仿佛故乡的月伴着一个人远行，哪怕千万里，身无他物，唯有这一轮明镜，像是伴随自己行走的纪念品。

现代城市是一个人造迷宫，高楼林立制造了各种视觉盲区，各种灰尘废气的弥散导致了天空迷蒙，你很难有看到一轮清澈明亮的圆月的机会。但那枚传统的、想象的、诗意的、文化的月亮，却照耀着我们这个民族，永远带着澄明、清澈、亮泽，还带着一分轻柔的忧伤、沉静、悠远。

我时常想起许多月下漫步的情景，这都是夏秋季节最美好的场景。

有时候在一条小溪边，看月光洒落在溪流上，流水潺潺，仿佛正在飞珠溅玉。溪边的草叶被露珠打湿，闪烁着一星星的亮光。这时候你抬头就可以看到光源，那是天空中的月亮，它把四周的几团云彩，照得晶莹透亮，云彩仿佛是在追着月亮走，想要沾些它的亮泽。这时候天地安静，各种虫鸣在你耳边消失了，就好像虫儿也被月光迷醉了，忘记了自己的本能。

有一种亘古悠远的安宁，弥散在天地之间，让你忘怀一切，如果此时有一杯酒，你当举杯邀明月，对影可成三人。

有时候是在稻田边，成熟的水稻铺成了眼前一片模糊的影子，月亮照在朦胧的稻田里，你可以闻到稻米的清香。而此时蛙声正浓，仿佛在稻花香里说着农事和家常。万古之月照耀大地，唯有它看大地丰收，仿佛带着微笑，一缕缕的轻烟在夜空中飘浮，这是水汽还是人间烟火，已无从分辨，是月亮把所有的人间烟火，都变成了一缕万古苍凉的悠悠长歌，这是一种奇妙而神幻的感觉。

这让你想起了古往今来的那些诗人，他们曾经都这么着迷于天上这一轮明月。

在八月的夜晚，月是如此美妙，令你想要乘风行吟。

九月：登高

九月秋意渐浓，适合登高看景。

登塔，登楼，登山，乃是古来文人雅士最喜欢的事，这些多在秋天。

落霞与孤鹜齐飞，是清晰灵动的场景；秋水共长天一色，成素洁旷远的画面。这场景，这画面，只有在一个比较高的角度,才能欣赏到。所以欣赏自然之美,得站得高方能看得广,看得远。

所谓境界,往往由视野构成——这差不多变成了哲思。古人建塔、建楼,不单单为了造景,是出于赏景和审美的需要,往往也是为了化境,让人有玄想,有哲思。

有了这种登高的视野,才可能进入虚旷的境界。

俯视,使人超越了自己视角的低矮,有了一种高旷——人与众生,各自变成了画面中的一个元素,公平而渺小。

远望,使人超越了自己视野的狭小,有了一种悠远——千山万水,深远漫长,没有止境,路漫漫其修远兮,令人想要不断求索。

那些神思散漫的诗人,那些追问不止的哲学家,往往在登高望远之中,获得了诗性的飞扬、哲思的跳跃。诗人和哲人往往身份互换,在人类情与智的两极,获得了完美的交融。

庄子眼中呈现出浩瀚的河流与海洋,尼采心目中有了深邃的宇宙和星空,但丁诗行中构建了三重神境,杜甫笔墨中有了千秋之雪……

登高望远,可能是人类心灵史上最重要的一件事。

这件事可以追溯到遥远的史前,我时常想象第一只攀上高处的猿猴,它大胆地竖起上半身,伸出前肢,拨开遮蔽自己视野的树叶,顿时发现:眼前有着莽莽苍苍的山林与原野。那一刻,它肯定是惊呆了!

这件事促使它奔跑跳跃起来，它在不断的攀缘与漫游中，不断地保持站立的姿势，于是它练成了，它发现了：作为一只猿猴，可以不用四肢着地爬行，还可以立起身子，向远处张望。

人类发展史上最重要的一个事件，就是这位祖宗，它能够站直身体。人类心灵发展史上的重要事件，也必定与此事有关。

登高望远，世界变得旷大无边。这件事可能促成了更大的事件：猿猴跟随本能活动在自己的栖息地，它们一旦发现世界如此旷大，就必定开始自己的远征。

从一片丛林到一个大陆，从地球到月球，从太阳系到太空……我们今天所想的和所做的一切，都从那时候启动。

登高望远，这可能是我们的老祖宗留给我们的一个遗传记忆：一个诗与哲学的记忆。

少年时代读老杜的诗《秋兴八首》，觉得十分震惊。江山万物在他笔下，突然透射出森森寒气，步步惊心。多年以后，我去到白帝城，才发现老杜的视角——白帝城建在一座山上，而这座山又在最深险的三峡夔门上。

这真是最好的登高之处：上边是巫山高与天接，下边是瞿塘深峡如同地缝。我想象在一个秋天，高天碧蓝，不可触摸；大江下陷，如临深渊。老杜必是在此登高而望，看出去的是巫山巫峡气萧森。秋日的肃杀之气，把人的心灵赶到了绝境：江山险恶，尽在眼底；人生艰辛，九死一生。

秋天让人感觉到人生的短暂，与此相对的，却是自然的轮回——生命的这种孤独无所依赖，命运的虚浮无所把握，顿时成了一种鲜明的对比。

玉露凋伤枫树林！站在白帝城高处的老杜，发现了自然的杀气，仿佛枫林的火红，就是季节的伤口。

鱼龙寂寞秋江冷！俯瞰大江的老杜，突然感受到森森寒意——鱼龙寂寞，万物归于宁静，呈现出秋天的冷寂与肃静。仿佛人的精神也遭受了一次痛击。

淑女伤春，志士悲秋，不是个别人的多愁善感，实在是人人皆有的万类同伤。

秋日登高，是人与自然的一次交融，是人与万物的一次同构。一棵树有四季，一个人有少年与中年，季节有繁荣与枯竭，人生有起落浮沉……人与自然如此同构，也容易产生通感——所以人会伤春，人会悲秋。

令我难以忘怀的，是在少年时代登高望远的那些时刻，我看到山湾里的一树枫红，我看到高天上的一朵流云，我看到天蓝如洗，我看到山高月小。

这时候仿佛就有一首歌流淌在心中，说不出是悲凉还是喜悦，是忧伤还是快乐，很可能是一种高远而渺茫的虚无感——这种说不出的心情，刚好和秋天合拍：它不像春天的热闹，不像夏天的火爆，也没有冬天那样的冷寂。

在一个晴朗的秋日，登上高山之巅，你会看到四面八方都是连绵不绝的山峦，让你顿时有一种想把这些山都踏遍的冲动。实际上，一个人在有生之年很难把脚印印在每一座看到的高山上，但是这种冲动却会时时激励着你。

秋日登高，是这样的感觉：你可以把每一座山、每一条河都收进视野，你可以把天空中的云朵吸进胸膛，你也可以在山巅乘风高歌，你还可以对着落日呼吸畅怀。

多少事，多少人，都如同轻尘，可以抛却；多少艰辛，多少烦恼，都可以撒掉。

秋日登高，是一种奇特的体验。

这时候你仿佛是换了一重心胸。

就在这一刻，你已经走出了日常围困你的事物，山高我为峰，多少山川在你脚下。

就在这一刻，你也超脱了凡俗的所有烦扰，你肃清了自己的心胸之后，顿时变得简单而清澈，就像头顶的天空。

十月：读秋

对于热爱自然的人来说，四季皆美，宛如山河岁月的艺术创造：春是一幅绚丽多彩的画，夏可当一出惊险跌宕的戏剧，秋是一本散文集，冬则如同一曲清歌。

十月进入深秋季，正合把它当作一本书来读。可以是诗，韵味十足；又充满想象宛如童话；有时候它也精彩迭出，如同小说；天地间万般事，此季归于平静，又宛如史家之余墨、野老之笔记……

我喜欢在这个时节漫步山林。一条铺满了各色落叶的小道，如同打开的书页，将我吸纳进去。

大树显出了骨感，那是些铜枝铁干；树皮呈现出原色，那是一种沧桑。

落叶如同一些纷至沓来的词句，带着各种色彩和气息，令人沉醉于妙语华章。

山石是一些醒目的标题，为山林和峰峦分出了节奏。在覆满青苔的山岩边赏读：苔痕是一些词语，包藏着岁月的机密；石纹是一些句子，显露出时光的丰厚。

林中有青绿的小草，这些小小的段落，溢出了季节的主题，星星点点，乃是作家的即兴发挥——虽然看起来像是多余的笔墨，却显示了别样的韵致。

山高月小，是此季的大义微言；水落石出，则是深秋的主题突现。

我在一条十月的河边散步：河流消瘦成薄薄瘦瘦的一线，散发出微微的轻烟，带着一丝潮湿和寒意；河边沙滩和卵石，都被寒露打湿。兼葭苍苍，白露为霜——河岸上的草叶呈现出霜一般的色泽，树林则显得清瘦疏淡。

此季若当诗来读，乃是郊寒岛瘦：秋风吹渭水，落叶满长安。

寒凉风中，江水当为之颤动——抖出一串薄薄的波纹。万千树叶落，覆盖村庄和道路。

这是一个十月的早晨，你已经分不清微雨与落叶，它们都带着一丝凉意，从你脸庞轻轻掠过，就如同一只微凉的手掌，触擦着你的肌肤，让你忍不住打个寒战。

鱼龙寂寞，让秋江变冷；凤凰沉默，把梧桐栖老。这是十月的安静，像是一篇疏淡的散文，宠辱不惊、波澜不显，平静而神秘，淡然而幽远。

在一个十月的黄昏，走过一段古城墙。城楼上苍凉的号角在迷蒙中吹响，千古战火凝成的是黄昏的落日。一卧沧江惊岁晚——千年的诗行轻微叹息一声，变成了黝黑的箭楼，它的影子落在河流上，漫漶成长烟落日孤城。

十月也是一篇秋的散章。比如孔夫子的曲肱而枕，显出一派散漫闲淡，高望天空，乃是风云俱逝，闲看大地，乃是清淡疏散——夫子于是悠然而歌：富贵于我如浮云。

意大利的枫叶红了，变成了酒与芬芳——他们自有他们的热烈与欢畅。采菊东篱下，悠然见南山——这却是陶家的单纯与清净。

读十月也是读秋，这篇章，有时候让志士悲怆，让诗人迷醉。无边落木萧萧下，叫江山也无语；明日黄花蝶也愁，谁读出了一声叹息。

但我依然喜欢读这篇文字：十月，就如同高天流云、万里风烟，它疏淡之中显出了自然的妙境，也为诗人准备了各样的篇章。

借用《人间词话》：春天是景语，夏天是情语，冬天可无情无语，唯有秋天，唯有十月，是景语也是情语，是情景交融的一首高妙之作。

我读过千遍，原来才知：这十月，乃是一首秋词。

十一月：看山

为什么选择十一月看山？因为这个时节山高月小，这个时节山寒水瘦。

山是这个星球的骨骼，在十一月，它露出了它的本色，叫作骨骼清奇。

我们的国土广大，在十一月有些地方已经是冰天雪地，有些地方还是草木葱茏。对于居住在秦岭以南秦巴山地的我，这个月最美妙的是山景：林木萧瑟，但依然有黄叶纷扬；纯粹幽蓝的天空下，有着巍然挺立的山峦；最高的山峰可能已经覆盖了白雪，但是更多的却是一带寒山，如郊寒岛瘦的诗行。

在十一月的清晨，走在山深处。河谷里流淌着消瘦的溪流，溪边的草地上覆盖着白霜，野长的水杉落下一地金黄。

就像回到了安静的老家，在这样的早晨，城市不分季节的喧嚣与拥挤，还有绚烂的霓虹和高大的楼群，都如同一个奇幻的梦境，消失在清晨碧蓝的天空之外。

在一座高山下仰望，矗立在眼前的是暗色的峭壁，最高的峰顶直插蓝天。十一月清朗的早晨，太阳照在山顶，涂抹出一片闪烁的色泽。山下则是一片幽暗，高山谷地是一片平坦的草地，覆盖着厚厚的霜，野棉花盛开过后，干枯的花朵还缀在枝头。

站在高山草甸上，看山的影子裁切出蓝天。

山是一列列相连的：最高的山顶上的植物变成了圆润的流线，低山的山脊上则呈现出树木高低错落的线条，像是一些流苏。

这个时节在北半球中部，呈现出一派深秋初冬的山景：松树和高山杜鹃，依然青翠碧绿；桦树却早早掉了叶子，展露的是光溜溜的枝干；山毛榉和青冈树的叶子是金黄的一片；枫树和黄栌则亮出了鲜艳的红……杂树叶子落尽，低矮的野草都已凋敝，剩下的全是些能经冬的高山植物，它们在一年最后的时光里，装点着我们的群山。

十一月看山：可远观，可近摩。

倘若你站在远处张望，最高的山顶着蓝天，它的峭壁在阳光下闪闪发光。有时候你甚至误以为你看到的是山巅的白雪，实际上那往往是石灰质的山岩，露出了钙质风化的面貌。这是山的本色，如果不是在十一月，大多数山都会被植物所覆盖，你很难看到它坚硬而挺拔的骨骼。

仁者乐山，意味着人可以有山一样的宽厚和挺拔，这被象征为一种人格形象。

你若站在近处看山，山则是安静而沉默的。山护佑着所有的植物自由生长，当然在这个季节，山也任由它们按照规律凋零。有些动物躲在山的怀抱里进入了休眠，有的则依然活跃在山林中、石缝中、腐叶土中。鸟儿则飞动在山间，它们在枯林间嬉闹或者觅食。

这时候你甚至可以试着攀爬一段，走在高大的山石间，听到风吹动着树叶掉落在山径上，簌簌作响。风吹过山石的罅隙，会响出奇妙的音律。这时候你仿佛一只小动物迷失在一座山深处，行走在两道石壁间，你小心翼翼抬头，才看到头顶一线蓝天闪烁。

这种神秘的感觉，这种清寒的心境，令十一月的山有了禅意：这时候你看到的任何一座山，都变成了一位静默修炼的道士或者禅师，它们都好像有了一个共同的名字——寒山。

吟诵诗僧寒山的诗句，大概能让人感受十一月山的意境：

> 可笑寒山道，而无车马踪。
> 联溪难记曲，叠嶂不知重。
> 泣露千般草，吟风一样松。
> 此时迷径处，形问影何从。

十二月：听雪

生活在北纬 30 度以北的人们，一年中十二月和一月可以经常见到雪，这正是冬天代表性的自然景观。

由于城市的热岛效应，在南方的现代城市里已经很难见到雪了，只有在北方的城市，清晨起来，能看到白雪覆盖的街道，那简直是一幅纯自然、纯美的画，会令人惊喜地叫出声来。

在我们的传统生活中消失了的一种雅致，乃是夜来静听风吹竹，闲敲棋子落灯花，或者烹茶煮酒夜阑珊，闲听窗外潇潇雪落。

一月是冬去春将至，覆盖在山边的雪即将融化，小草正在雪下发芽。

十二月则是雪落在北中国，漫漶了山河岁月，听到了寂静中的无数声响，是诗，也如歌。

无论是在广大的平原，还是在空旷的高原，雪都悄然落在大地上，覆盖着逐渐结冰的河流，也装点着进入休眠期的泥土。无论是大兴安岭，还是长城，飞舞的雪都变成了一带烟尘，就如同风在带着雪跳舞，舞出了漫天的迷蒙。

冬天是休息的季节，是安静的时光。在传统农耕时代，人们过着相对安静闲散的生活，甚至敌国间也不再打仗，贵族不再大兴土木，政敌间的钩心斗角也都少了许多……无论是草民百姓，还是达官贵人，都安静下来，体会一个寒冷季节带来的一点平和安宁，也欣赏着自然的诗意。

我时常想起少年时代在乡村里度过的冬天，下雪的日子，首先带来的回忆不是视觉，而是听觉。

通常是在傍晚时分，风声起处，你看到落光树叶的枝条在摇曳，你看到场院边的竹林在舞动，鸟儿缩回到屋檐下的窝巢里，家畜自己回到了家躲进棚子里。

天暗下来的时候，世界开始变得寂静。人们自觉遵循了雪的节奏，回到温暖的火塘边，听着火堆里柴被烧得噼啪作响。吊罐里的水煮沸了咕嘟作响，妇女们开始在火上烧煮腊肉，男人们准备把一壶酒煨热……下雪的日子，人们享受一点点生活的美好。

在门外，在村庄之外，在群山之远，雪像一支大型的歌舞队，在风中旋转着，团团舞动，四散飘飞……这时节它发出了种种声响，宛如天界的奇妙音乐。

风带着雪花穿过树林，像万马奔腾；越过房脊，像侠客夜行；有时候从门缝中钻进来，带着轻微的呼哨声。

半夜里你从温暖的睡梦中醒来，突然听到一阵啪啪响，那是雪压断了竹林里的竹枝……竹枝上的雪纷纷落下，簌簌作响。夜深知雪重，时闻折竹声——白居易雪夜听到的正是如此。

苏东坡描写一夜大雪：五更晓色来书幌，半夜寒声落画檐。那落下的寒声，乃是纷纷雪下，一片片覆盖在房子的挑檐上。清晨，一阵冷冷的风吹来，吹动着墙上的字画卷轴。

东坡所听到的雪，自然带着几分文人的雅意、诗人式的寂寞、隐者般的清寒。

倒是刘长卿所听到的雪，更带着凡俗的热闹、平民的气息：柴门闻犬吠，风雪夜归人。

这很容易让我想起幼小时代的山村生活：那些急急赶回家的人，想着要吃一口热饭、坐在火塘边抱一团温暖，行走更急切了。终于带着风雪，走近了家门，狗虽然躲在温暖的草窝中，却也听到了熟悉的脚步声，它叫了一声，在漫天风声雪声中，这狗的叫声如此亲切，甚至带着几分惊喜。

现在，听不到雪落在屋檐的声音，窗外也不会有雪压断竹枝的声音，当然，更没有一声亲热的狗叫，来迎接一身风雪的归人……这让人顿生了几分失落——

这样静听雪落的情景，在一座现代城市里，再也没有了。

200年的
人与自然之思

200 年前的秦岭山居生活

唐代诗人杜牧曾经用夸张的笔法描写：蜀山兀，阿房出。所谓蜀山，当指秦巴山区，大秦帝国为了修建阿房宫，砍光了秦巴山地的树，这样的环境毁损并没有带来荣耀与辉煌：阿房宫还没修好，就被项羽的一把火烧掉了。

但自然的修复能力极强，可能不到一百年，这些砍光了的蜀山，又生出了大大小小的树。此后又经历无数次的战火与砍伐，大自然不断修复这块屡遭毁损的山地。

大约 200 年前，一位大诗人经过秦岭腹地的汉中留坝县，写下了这样的诗，像一幅组画一样，描摹了秦岭山地的自然景观和山居生活图景：

留 坝

（清）张问陶

涧底黄茆屋，云间白板扉。

田高冬水足，树冷夏虫稀。

防虎弓常挽，惊人鸟乍飞。

几时真辟谷，长与赤松归。

张问陶（1764—1814），号船山，四川遂宁人，诗人，书画家。提到这位大名鼎鼎的船山先生，多数人耳熟。蜀中自古多才俊，四川地域广大，人才辈出，但是自古以来政治文化中心皆在中原，因此川人要想出世有所作为，必须进军中原。川人入中原，必须翻越高大绵延的大巴山和秦岭。

但是这条翻越之路自古又充满艰难险阻，蜀道难，难于上青天，对于川中才俊来说，人生之路先从这条自然的险途开始。

200年前，船山先生就如同他的蜀中先辈一样，屡次走过蜀道，来往于四川和陕西、北京，其中数次在寒冬腊月踏着秦岭的积雪，一步步走过蜀道，踏入西安，或者经此远赴北京。

经历这条路，他考中了乾隆年代的进士，担任了中央和地方的官员，同时，也成为名传后世的著名诗人和书画大家。从四川绵阳到陕西西安，中间隔着绵延的高山深谷，穿越秦岭巴山的蜀道，是一条隐匿在山岭深处的险途。

就像自古以来的那些诗人前辈，这条艰难而孤寂的漫漫长路，也给他带来了观赏自然和记录社会的机会，令他有了咏叹高歌的灵感。

船山先生途经留坝写下的这首诗歌中，描述了两个世纪前我们秦岭山地的景致和山居生活。虽然时间仅隔 200 年，我们看到的却是一幅近乎桃花源般的古朴景象。我们看到高山深峡之中居住的人们，他们的居住和自然环境，他们的生存状貌。

在这片人烟稀少的秦岭腹地，在张良隐居的紫柏山下，保持着纯粹自然的生态面貌，这令诗人也有了修道隐居的向往。

老庄哲学是中国古代非常重要的一个哲学流派，也是一种影响深远的人生态度。后世人往往批判老庄哲学恬淡无为的人生理想，却忽略他们热爱自然、顺乎天然的生活态度。

到现代社会，当东西方同时反省自己的价值观的时候，人们认识到，这种与自然相依的生命哲学，是返璞归真的、有利于人类与大自然平等和谐相处的一种生态文明。

生态观念和传统

汉中地处北纬 33 度，位于"中国之中"的这块土地，但由于大巴山绵延、秦岭高耸，成为自古以来较为封闭的地区之一。气候和水土宜人，这里也是最适合人类居住的区域之一。

封闭与避世的因素，使这块土地保留着良好的生态环境。秦岭腹地被称为珍稀动植物的庇护所，汉水河谷盆地则成为良好的耕作居住之所，巴山坡地小块的耕地和山林交杂，更适合小农经营……

这种更近乎天然的生态面貌，不单单由于自古以来它环境的封闭，更重要的一个因素是此地居民植根于传统的文化观念，比如对自然的敬畏——这是我们传统的一种生态文明。这块土地上的居民自古以来秉承的生态观念，渗透在他们居住、繁衍、生存的历史中，乃至融入日常生活之中。

人们取自自然的生活材料，适可而止的环境开发，对于大自然的敬畏……如此种种，习以为常。

如果你细心观察汉中的民俗，会发现，这种古老的生态文明往往渗透在人们的生活中。比如，山民敬天敬地的传统、年节中的一些礼仪仪式、歌谣中咏诵的故事和传说。山地居民往往喜欢在房前屋后栽植树木，随意打死小动物是被谴责的行为，我小时候从来不被允许吃青蛙和黄鳝……这些生活习俗和禁忌，往往传达了一种古老的生态文明。

因为如此，我们这片土地虽也难免在过去的时代遭受过破坏，却依然能保持优于别处的良好的生态环境。

在今天，这里至少有五个县的森林覆盖率保持在 70% 以上，我相信这将是我们在今后很多年都引以为豪的数据。

人与自然的忧患

大诗人陶渊明曾经用传奇般的故事描述了一个美丽的地方——桃花源，此后千百年来人们都想寻找到这个环境优美如画、人情质朴醇厚、生活恬淡安宁的世外仙境。但是世上到底有没有这么个地方，始终是一个悬案。

政治学家和社会改革家会把这么个地方视为一个乌托邦、

一个理想社会，那里没有战乱和政治纷争，那里没有世态险恶，那里的人们保持着上古礼仪。

在今天当我们用现代目光来审视，这样的幻想内涵更丰富，它涵盖了更广的信息。

因为人类的发展和自然环境的恶化往往同步进行，丰富社会的物质生产和呵护我们生存的自然环境，往往产生不可调和的矛盾。一方面是科技的不断发展，物质生产越来越多样；另一方面却是自然资源不可逆转地减少，环境不可逆转地遭受破坏。现实的忧虑会让人类去反思走过的曲折的路，在今天各个国家和各个民族都在寻求一条平衡之路，这就是人类的发展和自然的保护之间微妙的平衡。

这种平衡很难达到，因为它本来就是矛盾的，天平的哪一端有一丝轻微的偏重，都会导致平衡被打破。控制这种平衡，完全依靠人类的自觉和自省，还有自控和自制。

人类追求发展是天性，看上去人类越来越强大；大自然却是一个完整的系统，它看上去脆弱而被动，但是一旦那种平衡被打破，自然会以特别的方式来调整，这种特别的方式，往往使人类承受重大而惨烈的灾难——火山爆发、海啸和地震、气候恶化、物种变异……而自然的灾害又往往引发人类社会内部的动荡，天灾人祸往往相连。

这样的事情在人类有史以来和史前，都曾经发生过无数次。

百年人文反思

我很喜欢船山先生描绘的这幅人居生活图景：人家或住在高山之巅，盖着石板房；或住在山沟里边，搭着茅草屋。山顶上竟然也有水田，即便夏天也那么凉爽，连蚊虫都很少。鸟少见人，听到人声会惊飞；种田人都带着弓箭，防止老虎袭击……

它显示出 200 年前秦岭地区自然的原生状态，人类生活并不容易，但却有一种世外桃源的韵致。

一百年前，诗人们曾经为崛起的高楼、海上的蒸汽机大船、车间里轰鸣的机器而诗兴大发，他们用狂热的高歌，来歌颂人类的这些创造。

但是一百年后，当那些高楼占尽了我们曾经美丽的田园，当火车道把优美的森林割裂成小块，当轰鸣的机器报废之后变成了巨大的垃圾，我们不禁目瞪口呆。转瞬间，这些诗句变成了一场噩梦。

对于漫长的地球生命而言，人类的一百年真是太短暂了。

人类短视的结果不单单是诗人的冲动可笑，也在于我们发现生活中需要的不仅仅是火车和机器，我们更在意铁轨旁那棵从石子儿缝隙里冒险长出来并且盛开的小花，我们更在意机器腐化之后从金属的氧化物中悄悄萌生的一棵小草。因为一朵小花给我们的眼睛带来了鲜活的风景，一棵小草则因为沾着雨后的露珠,显出了别样的生趣。

　　为此,我们在阳台上飞转的空调压缩机下边,特意摆放一盆鲜活的花草,为的是让大自然离我们更近一些。

时间·自然·生命

时间都去哪儿了？这么一句俏皮的问话中，透露出一种生命的自觉。有生命的自觉，则是人类存在历程中，一个了不起的进步。

我们今天面对的是科学技术的高度发达，人类物质文明前所未有的丰富。人类的眼光穿越了浩瀚宇宙，大到星座和星系；人类的眼光也穿透到最细小层面的物质形式，小到细胞和粒子——因此人类的心胸可以容纳无限的宽阔与博大，也可以审视无限的细小和幽微。

尽管如此，这并不值得人类狂妄自大。因为从生命的角度而言，在这个星球上，人类只不过是曾经存在过和现存的上亿种生命体中的一种。

但是值得人类自豪的是，伴随着生老病死，人类的生命意识与生俱来，并且和遗传基因一起根植在人类代代延续的血脉之中。

两千五百年以前，东西方有两位哲人，同时站在两条大河边。他们安静地伫立在河岸，几乎是屏住呼吸，望着遥远的天边，这日夜奔流的河水，让他们浮想联翩。就在这一刻，他们同时听到了虚空中某种声响，这不是河流的声响，也不是风声，而是时间走过的脚步声。

赫拉克利特说：人不能两次踏进同一条河流。孔子说：逝者如斯夫，不舍昼夜。

赫拉克利特关心的是事物在瞬间发生了变化，比如河流。

孔子关心的是有些东西不停地在流逝，比如时光。

他们感慨的共通之处，正是这个关于时间的谜语。这两位伟大的哲人在那一瞬间，把人类生命的自觉形诸语言，变得清晰可见。

在赫拉克利特那里，生命是动态的，因为从生到死是自然规律，世间没有哪个人能够长生不死。在孔子这里，生命也是不断流逝的，世间没有人可以做到长生不老。

这两个哲人的感慨向我们提醒一个事实，这实在是我们人类最不愿意面对的残酷事实：时间是不断流逝的，因此人的生命必定是会终结的。在这里，时间和生命成为一对共生的词汇，生命意味着一段时间，时间流逝意味着生命的历程。

而这种对于生命的自觉完全来自自然的启示。比如赫拉克利特和孔子，他们是从一条河流那里得到启示的。

美丽的少女看着盛开的鲜花枯萎凋谢，会黯然落泪。因为她意识到时光正在流逝，春夏秋冬的季节转换则意味着繁盛与萧条的变化，鲜花的盛开和凋落，是如此无可阻挡，最后变成了风雨中的尘泥。

秋雨中飘零的枯叶掠过侠士的剑锋，寒冷的西风吹过英雄的鬓发，这剑气寒霜，让英雄气短。因为人生短暂，辉煌与苍凉会一并落在同一个人身上，往往在你建功立业之前，最美好的年华已悄然逝去。

这是人类无法解脱的符咒：时光总是在流逝，生命不断被消耗。

这个符咒同样被施于自然中千千万万的生物。中国古老的经典《淮南子》中记述了一种"朝生暮死"的昆虫：蜉蝣。这种小小的生物，它的全部生命历程仅有几十个小时。相比于可以长命百岁的人来说，是何等匆促。大自然中同时又有像古树那样能活过千岁的生物，人与它相比，就只能感慨自己生命短暂了。但尽管如此，在这个星球上，永远不存在不消磨的生命。

一朵小花从萌芽到生长枝叶，从含苞待放到悄然凋谢，它遵循着自己的生命规则，它默默接受着阳光空气，默默承受着风吹雨打。一只小小的昆虫，它从卵变虫，化蛹为蝶，它领受着生命的悄然而逝。这些花鸟虫鱼，它们和我们人类一样，经历着时光流逝、生命由盛到衰的过程。

但是它们没有生命自觉意识。

人类却从大自然的万事万物中领略到这一事实，从而反观自我，形成了人类自我生命的自觉。人类永远在追问自己的古老的哲学问题是：我是谁？我从哪里来？我要到哪里去？

我们是谁？这使我们知道我们和大自然的万千生命，有着相同之处，又有着不同之处。我们从哪里来？这使我们回望我们的生命历程，追问我们的生命如何流逝。我们要到哪里去？这则让我们站在今天展望未来，让我们知道我们必须有所往、有所求。

这样的追问，是人类生命意识的深层觉醒，知道自己的过去、现在和未来，对于人自己来说，无异于一次精神的腾飞。一般来说，一棵活着的树、一只飞动的鸟，不会去思考这些问题，当然也不会去追问生命的意义。唯有身为万物之灵的人，在遵循自然规律的同时，会有那么一些时刻用来想一想：我们当如何生？

来自大自然的人类，就是这样，产生了生命的自觉意识，并且学会去追问生命的意义。

几千年以前，人们发明了沙漏和水漏，"漏声透入碧窗纱"，听着流沙和水滴轻轻落下，人们知道了时间的流走。后来，人们发明了机械钟，把时间流逝的声音放大。人们把时间运行这种无声无息的过程，变成了一种机械运动的声音轨迹。

逝去的时光仿佛无迹可寻，但是我们生命的流逝却清晰可闻。

时间都去哪儿了，这是一声美丽的叹息。

走动的秒针正在告诉我们，我们已经无法踏进先前的那条河流，我们的脚也许正踏在现在的这片流水中。这昼夜不停息的流水啊，带走了多少值得我们追怀和珍惜的东西！我们手捧这流金般的沙粒，倾听它缕缕漏下的声响。

这指间之沙，正如时光的流过，如此轻盈而美丽。

诗与自然

一

古老的大自然是浑然一体的，上有天，下有地，中有人与万物。

天上日月星辰，各归其位，各司其职。地上江河山川，各占其地，各行其便。人与万物，各安天命，生生不息。突然有一日，天漏了，大自然即将崩溃，即有女娲，炼五色石来补。

这是我们中国人熟悉的一个神话故事。

在这个故事中，补天的女娲，使大自然重新变得完美，成为人类和万物的家园。这个故事，传达了我们中国人对于大自然最朴素、最深远的情感。

大自然是人类万物的家园，它是人类的生命之源、生存之地、灵魂之家，所以人理当依赖它、热爱它、敬畏它、呵护它。当它有所缺损、受到伤害时，我们需要去修复它，不单单是修复它，还是修复我们和大自然的关系。

在以后的亿万斯年中，人类中总有些人在承担这个修复的责任。在这些人中，诗人是一类。最早的诗歌肯定是来自大自然，来自一颗星星的光芒、一座高山的巍峨、一条大江的壮美、一棵小草的秀丽。

二

中国最古老的诗歌集《诗经》，写到了许许多多动植物和星辰山河的名称，所以孔子编订这部诗集的时候，特别倡导孩子们要读诗歌——阅读这样的诗歌，孩子们可以知道动植物乃至万千事物。孩子们的眼界是狭小的，但通过诗歌，他们知道了万事万物，他们的世界于是变得绚丽多姿又生动鲜活。

多少年后，当我们的孩子捧读《诗经》，那些词汇是多么的陌生啊，那可能是一棵树的名字、一只小虫的名字、一头小兽的名字……

因为在今天，地球上每年有数以千计的动植物正在灭种，我们祖先曾经早晚可见的那些动物植物，早已变成了诗歌中的几个音节，只能在我们的吟诵中复活。

但是吟诵不是没有意义的，它让我们怀念那美好的一切，那曾经的一切，让我们学会珍爱、学会呵护，让我们的大自然损毁得慢一些。这是一种修复，是那些古老的诗歌，修复着孩子们与古老的自然的情感。

三

一千六百多年前，一位大诗人陶渊明，他厌弃了官场回到了农村，种豆南山下，草盛豆苗稀。清晨出门，总是欢喜着草叶上沾衣的露珠；黄昏回家，不忘留心篱笆下的一丛菊花。

怀着对大自然最真挚的热爱，他的生命充满了最朴素的快乐。

后人阅读这位诗人的诗歌，会生出多少羡慕之情。快乐来源于干净的自然，素美的万物。今天我们居住在城市，要在街边种树、在阳台上植草，我们修复自然的力度虽然远远比不过环境遭受破坏的力度，但是我们还是在尽可能地修复，我们是在修复一种感情，那是我们对大自然的依恋和皈依。

四

九百多年前，又一位大诗人苏东坡，他被贬官到一个叫黄州的偏僻之地，人生跌入低谷，难免惨淡丧气、充满烦恼。于是和朋友驾一叶小舟，夜游于浩瀚长江之上。清风徐来，水波不兴，两岸绝壁高树，天上月明星稀。

这安静的夜晚，有人吹起洞箫，充满了凄凉和寂寥。苏东坡却一扫烦恼，他想到大自然千万年来生生不息，日月星辰，山川草木，都是多么好的财富，是上天赐予我们的，不单单是物质的源泉,也是心灵的恩泽。这位洒脱的诗人,让自己沉浸在大自然的美好之中,仿佛生命本身也得到了安抚和滋润。

他写下的《赤壁赋》让后来者在吟诵之中,如同呼吸到最干净的空气,嗅到草木清新的芳香,身心俱畅,心旷神怡。

五

一千年后,我走出北京东四环的地铁站,在车流滚滚的大马路边,突然看到一棵梅树,枝干横斜,枝条上正在爆出花苞。不由一下子想起了千年以前的那位宋代诗人林逋,他干脆在杭州城外的孤山之上修了草庐,种下一园梅花,养了一群白鹤。清晨放鹤,鹤鸣山野,羽衣横过天空,如同一幅画。夜晚月下,看一树树梅花,稀疏的影子洒落在月光中,空气中有梅花淡淡的香气。他迷恋于这样的生活,以至于忘怀了尘世。世人带着欣赏的口吻说他以梅为妻、以鹤为子。

当我站在北京街头的这棵梅树下,耳边喧嚣着车水马龙,但沁入心胸的却是一树梅花的清香,它让我感觉我是一棵草,如此的安静,在大自然中沉醉到安然入睡。

六

那位补天的女神,她炼出的五彩石,补好了破漏的天空,让我们有了可以仰望的日月星辰,让我们有了可以呼吸的空

气、可以畅饮和沐浴的水。这一切是多么的美好,有了这,才有了天地间的万物,也才有了诗和诗人。而诗和诗人,是大自然的宠儿,也是大自然的呵护者。在大自然中,每一个人都有理由变成诗人,内心里充满了最朴素的依恋和热爱。

让自然万物,各归其位,天地星辰,才能完美。我们永远不要忘了修复,那位传说中的女神,教我们学会补天——

补,让我们修复自然和心灵的创伤,让我们找到失去的家园,让我们珍爱并且敬畏自然。

自然的清音

一

瘦雪含嫩绿，
山间悄然春。
欲把此讯息，
传将待花人。

居住在一千年以前的某处山居，是很享受的——大自然是如此亲近，触目之间，已经感受到春的信息。而春天，乃是大自然开启的时节，生命循环往复，万物生机盎然。

苔痕上阶绿，草色入帘青——这是一位一千多年以前的作家，随时可以看到的早春信息。池塘生春草，园柳变鸣禽——这是一位一千多年以前的诗人，写出的一份来自大自然的惊喜。

对于大自然的敏感，几乎是各种感觉的涌动：这与人类的生命节律如此相关，所以才有志士悲秋、少女怀春的说法。林黛玉看着落花飘零，会想到：花谢花飞飞满天，红消香断有谁怜？杜丽娘面对春花芬芳，会唱出：良辰美景奈何天，赏心乐事谁家院……

自然是人类的家园，但也是人类的一面镜子：我们从中看到过去与未来，看到人类的悲剧与喜剧。

二

对于人类的未来，有两种截然相反的想象和猜测：悲观的和乐观的。

悲观派认为——

人类盲目发展，加速耗尽资源，终将毁灭这个星球，然后自我毁灭。

人类集团互相争夺利益，外耗内耗之后，耗尽了自己的一切智慧和文明，然后与地球一起毁灭。

人类不可遏制的贪欲，导致人类世界高度发达，最终人类被异化成机器（人工智能掌控人类，或者变异生物掌控人类），从而导致人类"定义"的改变——这意味着人类的毁灭。

乐观派则认为——

人类固然在消耗着宇宙中的资源，但人类的智慧高度发达，人类会发现并获得更多的资源来弥补耗损，最终达到良性循环（在物质能量守恒定律没有被否定的前提下）。

人类集团最终必将走向和谐统一，善用自己的智慧文明，在浩瀚的太空中，人类会在地球之外，寻找失去的乐园。

人类虽然会终结，但大自然将循环不止。比如在地球上，当人类消失之后，大自然会迅速修补人类造成的损伤，进行新一轮的生物进化，繁衍出替代人类的智慧生命。

……

乐观派和悲观派讲的都有道理。但终究来说，人类的生存发展，是一个"失乐园"的过程——早在两三千年前《圣经·旧约》用创世的神话故事，暗示了人类的这一经历。

在上帝的伊甸园中，亚当和夏娃无忧无虑地享受着天堂的美好时光，由于受到蛇的教唆，发现了被上帝禁食的智慧之果，他们偷吃了禁果，从而被上帝逐出了乐园。

这个神话故事带着太多的象征意义——如果人类的进化仅仅依靠知识和智慧的提升，那么人类前行也就是离乐园越来越远。这让我们联想到，我们的生存空间正在日益恶化，虽然我们看起来更聪明、物质享受更丰裕。

三

农耕文明的开始，就是人类加速开发利用自然资源的开始。

我们发现了土地的价值，并且利用它来养活我们人类。人类还发现了矿产，用于冶炼工具，制作奢侈消费品。人们用更发达的科技手段，用更高效的运输方式，加速对自然资源的掠夺式开发。建筑城市和住宅，寻求最奢华的物质和精神享受，运用最现代的机械武装来作为统治工具……这种贪欲和攫取永无休止。直到近代，人们才意识到，这种掠夺式开发，令地球上的物种消失，令生存环境恶化。

在一座现代化的大都市里，人们感觉不到大自然的变化——这种悲哀，正切合了"失乐园"的悲剧性情绪。

白天你拥挤在人潮中、车流中、地铁中……除了人的气息，空气中充满的是各种现代工业的废气，没有任何一棵小草的气息。你坐在被钢铁、水泥、玻璃和各种涂料包裹的办公室或者工作间里，看到的是各种各样的人造光影、工业色料，一朵野花的颜色，对你来说，就如同一个梦境。

人类用科技和现代工业材料创造了一个幻境，却失去了一个真切朴素的自然乐园。这是现代都市人不可抹去的悲剧性生存状态。

四

《枕草子》也是一千多年以前的作品，作者清少纳言是宫中的女侍，她用少女的目光触及春景：

三月三日，柔风习习，阳光和煦。桃花在此时开始绽放，柳枝吐出新绿也让人欢喜，很值得让人们玩赏。柳芽也刚刚长出来，就像是眉毛一般，非常有趣。只不过待它们蜷曲的叶子伸展开来时，就开始让人讨厌了。不光是柳叶，花在谢了之后，也是非常不好看的。待梅花盛开时，折几枝长长的梅枝，插入大花瓶里，比在外面看着更叫人心情愉悦。

返回去一千年两千年，我们离大自然更近一些。倾听自然的清音，感受来自听觉的瞬间肃然。凝视季节的微妙变化，体会来自心灵的片刻安宁。一个生活在现代都市里的人，已经很难有这种瞬间的肃静和片刻的安顿——我们的人心何等浮躁，我们的感官何等混乱！

我每次看到野草山花，都忍不住想要走近去凝视一番，并非我心思细腻、有诗人的雅兴，而是我在驻足注目间，就想起了人类最古老的祖先——

他们踏出一步，越走越远，最后，他们变成了各种"达人"——坐在电脑前，坐在车座上，坐在飞机上，坐在主席台上，坐在酒桌上，他们身边缺少的，是一棵翠绿的野草，或者一树盛开的鲜花。

越来越少的世界

一

我很小的时候，坐在家里的火塘边听父亲讲故事。

他说那时候小河里的水比现在大多了，那时候河里的石头上长满了青苔，水是清澈透亮的，石头上的青苔像草一样鲜嫩，水中的青苔则像厚厚的棉絮……这些都好像是几万年以前的样子。他说他跟爷爷去河边，随手拿根削尖的木棍，朝青苔中扎下去，就能扎上一条鱼，很大的鱼，白生生的，在阳光下闪光。

我听着口水都流出来了：倒不是我馋吃鱼，是馋捉鱼。这太好玩了，那么多的鱼，那么好的河——对于儿时的我来说，没有比这更好玩的游乐场了，也没有比这更好玩的游戏了。

我喜欢去小河里捉鱼，但小河一年比一年更小，就好像一头生了病的小牛犊，消瘦得厉害，让人心疼。石头上没有多少青苔了，因为常年裸露不沾水，青苔也长不住。河里已经没有多少鱼了，有一种小鱼，但小得只有指头大。

我用各种方法捉鱼，凡是山里人捉鱼的方法我都用过。

他们把山坡上一种树叶砸碎并揉出汁液，再把这些揉碎的叶子和汁液一起倒进水潭里，就像《水浒传》里边孙二娘下蒙汗药一样，把大大小小的鱼麻翻。这办法我试过，没麻翻鱼，鱼太少，而且很滑头，都躲进潭边的石缝里去了——它们就像饱经了江湖险恶的武松，根本不着这个道儿。

有个大孩子告诉我一种方法：用一只开山的大锤，跑到水多的河段，照着水中间的某块石头高举大锤，猛砸下去，据说这种方法可以把躲在石头下的鱼震晕，你再搬开石头，就能看到水里有一条翻着白白肚皮的鱼……我去砸过几次，但从来没见过晕了的鱼，只有一次，我大锤砸下去的时候，一条鱼像箭一样射出来，我只看到一道黑色的影子消失在潭水深处。

听过一个"金色的鱼钩"的故事之后，我甚至也把我妈的一根缝衣针拿来，拧弯成一只钓钩，钩上挂了一条小蚯蚓，再用一根柳条做成鱼竿，跑到一个我见过有些鱼的水潭边钓鱼。我眼睛眨也没眨，盯了大半天，可一条鱼也没钓上来。

一般到了夏天，我每天都会到小河里去找鱼，水浅的地方鱼很小，空手捉鱼难度太大。有时候到深水潭里边去找鱼，明明看到鱼，它却比人更会捉迷藏。最后我知道了一个事实：河里的水越来越小，鱼也就越来越少。

我因此很羡慕父亲的童年，想着他们那时候随便拿根削尖的木棒就能扎到青苔下的大鱼，我气恼自己生错了时代。

二

有一天，我们村里气氛突然紧张起来。

原来隔壁胡老头养了几只羊，他们家的傻老三天天到山坡上放羊。傻老三是个呆子，除了吃饭睡觉、放羊打柴，就是躺在山坡上、草地上晒太阳，捉棉袄上的虱子。有一天黄昏，羊赶回来少了一只，他们到处找，后来找到半条羊，肚子里都掏空了。

父母告诫我，不要到山坡上的树林边去——有狼。

我从来没见过狼，父亲说，他们小时候最重要的一件事，就是每天晚上拿根棍子或者梭镖，到猪圈牛圈边巡视几趟——这是为了防狼。狼也很精，看到人有防备，就不再来了。

村里的小孩曾经被狼拖走——这是父亲讲的故事中，最恐怖的一个，当然是他们小时候的故事。我没见过狼，更想不到一条狗一样的东西，怎么能把小孩拖走。

也就三五天，村里又恢复了平静：孩子们照样儿到山坡上到树林里砍柴，打猪草，捡蘑菇，玩闹。我们从来没见过狼，胡老头家里的羊也再没有丢过。我想这头可怜的狼，大概也就是个流浪汉，它不过是碰巧经过而已。

我经常和村里的孩子一起去山上砍柴放牛，我们连兔子也很少见到，更甭说狼了——狼吃什么呢？我觉得胡老头家的羊也根本不是狼吃了的。世界上究竟还有没有狼？我很怀疑。

三

坐在我家门口，可以看到三座高山环绕：对面是一座高大的山，像我们村里的一道挡墙，高高的山梁是一道弧线——画出了天空的边界；左边是一直蜿蜒到天边的山峦，像一层层蔓延到天边的波浪，天晴的时候能看到最远的也是最高的山峦，很模糊，中间隔着无穷无尽的云雾；右边是一座突兀高起的山峰，天晴的时候能看到山顶的绝壁，在阳光下闪闪发亮。

这些山梁山峰下边，是青色的树林，然后是长庄稼的坡地。在我小时候，每到天晴的秋冬日子，村边的小路上一清早行人不断，他们是附近村镇里的人，他们赶往那些山上去砍柴，他们一年四季靠这柴火做饭烧菜取暖。镇上开店的，会用五毛或一块钱买柴，五毛钱可以买一大捆干柴，两块钱可以买几十斤木炭。但多数人舍不得花钱买柴买炭，他们跑到我们山上砍柴——山上的树林是集体的，没有人管，任由大家砍。

就这样，大概从三五岁到十来岁，我眼见着我家对面的高坡上的树林越来越稀疏。开始他们砍的大树，一般都有脸盆粗，一个男人也只能扛半截树干，一家人能把这棵树搬回家，大概可以烧一个月了。后来没有大树了，他们砍碗口粗的，男人可以把树干扛回去，女人把树枝收拢来，捆成捆背回去。再后来，我能够上山砍柴的时候，我连手腕粗的树都找不到了。

我们村前边的小路上，十来年间人来人往，秋冬时节农闲的时候，村镇上来砍柴的人络绎不绝，他们清早上山，走十几里山路，傍晚背着成捆的柴火，走十几里山路返回。我父亲会和很多人打招呼，他们都是镇上的人。后来……他们终于不再来了，因为山坡上的树木都被砍光了，只有一些很难当柴火的杂木和荆棘。

我常常想，世界里的东西好像越来越少了，就像山坡上的树木一样。

总有一条路
通往故乡

一

1972 年 9 月 4 日，导演山田洋次给摄制组的同仁们写了一封信，他们正准备拍一部叫作《故乡》的电影，山田洋次在信中说：

这个作品所写的"故乡"，并非可悲的行将衰亡的"故里"，而是不得不离开它，或者说不得不弃之而去的"故乡"。

作为这部电影的编剧和导演，他像是在进行一场即兴创作：一个电影诗人，为行将逝去的"故乡"写下一曲挽歌。

电影中一对年轻的夫妇驾着老式船出海运石，尽管他们每日辛劳，为了生存不断学习，但面对着现代大工业的竞争，最后不得不凄凉惆怅地放弃他们热爱的海边生活，从而也放弃古旧素朴的乡土生活，带着两个孩子去到城市里。

十年以后，我在中国的某个山区小镇上学。这还是一个非常古朴原始的山区小镇，没有任何现代工业，甚至晚上的电灯也随着冬夏水涨水落而时明时暗。

小镇的旁边有一条清澈的小河，石头像三万年以前的样子长在河里，游鱼像五千年以前的样子在水底游动。小镇在群山的褶皱之中，四望的山坡上树林和庄稼交错夹杂，最高的山峰在视野尽头托起闪亮的天空。

我喜欢走在小镇背后的山梁上。路边野花盛开，山梁上的茶园散发着清香，一只野兔从林边飞跑过去，几只红嘴蓝鹊长长的尾翼闪动着，安静的山梁上响起它们欢快的叫声。

十三四岁，正是多愁善感的年龄。我不由自主地哼起一首刚学来的歌：

亭亭白桦　悠悠碧空

微微南来风

木兰花开山岗上

北国的春天

北国的春天已来临

城里不知季节变换

不知季节已变换

妈妈犹在寄来包裹

送来寒衣御严冬

我班上有一位留级生，是一个典型的小镇少年，大概因为有几次去县城的机会，他已经穿上了比较时髦的喇叭裤了——
他教我们唱这首歌，虽然我连歌的意思也未必很懂，但很快就
学会了并且喜欢上了这个调调、这个味道。

　　不懂歌的意思，是因为我还没有进过城，没有那种城里的
感觉。但音乐的魅力在于，它总是这么奇妙地具有感染性，在
我多愁善感的少年的胸怀中挥之不去——

　　那一缕淡淡的忧伤，已经传遍了心肺，让我体会到一种难
以名状的惆怅。

二

　　不久以后的一个夏天的傍晚，我和三十多个同班同学来到
县城参加中考。我们这群乡下孩子，在热闹的县城里边逛街。
我们走到了河边的一条热闹的老街上，这里有卖芝麻饼的，有
卖羊肉和鲜鱼的，有卖铁器和草药的。在这拥挤嘈杂的小街
上，我被一个书摊吸引住了。

　　我站在简陋的书摊前，发现所有的书都是我没见过的。如
果我有很多钱，我会当场把这些全部买下。但我只买下了几本
叫作《外国电影剧本》的书，就非常惊喜而且满足——这已
经是很慷慨的花销了，如果不是参加考试父母给了路费盘缠，
我肯定买不起这些书的。

　　回到小旅馆，我就迫不及待地打开书来读。很幸运，我读
的第一本就是大导演山田洋次的剧本——刚好是他最有名的

"故乡三部曲"(《故乡》《远山的呼唤》《幸福的黄手帕》)。

真是太美妙了！后来我觉得十分好笑的是，在那个时候，我几乎连电影院都没进过几次，但我就是从山田洋次的剧本中，先看了这几部电影——

我不但从这些文字中看到了一个个流动的画面，听到了各种不同的声音，我还听到了一种遥远的叹息：

就像听到了那一首惆怅而忧伤的挽歌，这是写给被遗弃的"故乡"的……

三

在《幸福的黄手帕》中，高仓健扮演一位刚从监狱中出来的"大叔"，他搭上了一对青年男女的便车——他要回到札幌，回到他曾经的家。他曾经是个矿工，有一个善良温柔美丽的妻子，因为妻子不慎流产，他心情不好喝了酒，一怒之下失手打死一个向他挑衅的小流氓，因而犯法进了监狱……他告诉妻子，她自己可以去重新找个男人过日子。但是妻子始终没有重新成家，一直在等着他……于是在临出监狱的时候，他给妻子寄去一张明信片：如果你还是一个人过着，请你在家门口的树上，挂一块黄手帕——如果我看到黄手帕，我就回家；如果我看不到黄手帕，我会悄悄离开。

就在这部电影中，高仓健把一个经典的大叔形象建立起来：他历经沧桑，外表淡然，内心热烈，充满善良与正直。

在今天，还有这样的"大叔"吗？

我觉得，我们真的很有理由怀念那个年代的高仓健：就像这一对来自繁华东京的小青年，他们从这个朴实大气的身影中，看到了人生的宽厚。

四

于是，在《远山的呼唤》中，高仓健再次承担了这样一个角色：这位"大叔"是个逃犯，他因为过失打死了一个高利贷者，潜逃到北海道的荒野，他在牧场主民子家当了短工。民子是带着一个小男孩的寡妇，不但要教养孩子，还得打理她的牧场——她本来是个大学毕业生，完全应该在都市里生活，就因为热爱这片原野，热爱这种生活，她和丈夫回到家乡经营牧场。但是他们在这个时代成了弱势者，面对强大的资本竞争和现代化的经营模式，她步步后退，变成了被淘汰的对象——正如山田洋次所讲述的：她不得不、她终将……离弃她热爱的"故乡"。

这个家里还缺少一个男人、一个父亲，正好，"大叔"来了。你很难不喜欢高仓健饰演的这个"大叔"：他吃苦耐劳，稳重而刚毅；他虽然犯了罪，却并不沉沦；他虽然落魄，却有尊严。他是一个可以体贴并且保护女人的男人，一个给小男孩移交一份勇敢坚强品质的父亲。

在今天，还有这样的"大叔"吗？

过了许多年，高仓健的形象一直在我心里挥之不去，仿佛他代表了一个时代沧桑而淳朴的形象。

五

但是，我得用多少年才能理解山田洋次的惆怅和忧伤？

二十年之后，大约在 1988 年，我才听到了罗大佑粗重而伤感的嗓音：

> 假如你先生来自鹿港小镇
> 请问你是否看见我的爹娘
> 我家就住在妈祖庙的后面
> 卖着香火的那家小杂货店
> 假如你先生来自鹿港小镇
> 请问你是否看见我的爱人
> 想当年我离家时她已十八
> 有一颗善良的心和一卷长发
> …………

我又一次感受到了那种失去故乡的伤怀。失去的故乡，不是一块田园，不是一个村庄，而是一片永远难以返回的故土——就如同《外婆的澎湖湾》里边唱到的那些：

> 阳光、沙滩、海浪、仙人掌

还有一位老船长

…………

这将是越来越灰暗的天空，工业烟尘慢慢吞噬灿烂的阳光，大地污染也逐渐掠夺更多的沙滩……船长已经老了，他曾经操控过的那些老船，成了破烂的文物。这是一个加速发展的后工业时代，那些美丽的画面，很可能一去不再复返！

可能是在某一个瞬间，我突然感受到山田洋次的忧郁与悲凉。

在《故乡》中，城市越来越庞大，机器越来越先进，故乡的小岛正在成为时光里的回忆……在故事最后，他们将卖掉自己的旧船，带着自己的一双儿女，放弃他们喜欢的劳作方式，离开他们生长的小岛，去到城市，过另一种生活。

《幸福的黄手帕》：那一对别别扭扭的小青年，终于懂得了爱——而这份爱，却是"大叔"给他们的教育。我每次看到这儿，都会会心一笑：我觉得山田洋次太可爱了，他让一对时髦的城市青年，去向一个正在消失的时代学习一些东西——比如爱，比如宽容和仗义，比如耐心和宁静。

《远山的呼唤》：逃犯"大叔"终于被警察给逮住了，但他体面地离开了民子母子，孩子甚至不知道他是个逃犯——在孩子的心中，永远有一双有力的胳臂可以扶着他上马，有一个宽厚踏实的怀抱可以让他依靠。

山田洋次作为一个电影诗人的形象，在我心中保留，但他是在向一个被迫消失的时代致敬，在为一个被迫离弃的"故乡"而低吟。

对于一个正在浩浩荡荡到来的大时代，一个诗人的慨叹是无足轻重的，但这种慨叹和悲歌依然是有意义的。

它在我心中，不断地提醒我去想象、去怀念那个失去的故乡，那一个难以被抹去的高大的背影，那一份时代难以擦掉的风度。

六

过了四十多年，我听到了一首歌，这是石川小百合的成名之作。1977年，她才19岁，她唱《津轻海峡冬景色》，让在场的观众无不沉醉，也许，很多人还会一起流泪。

听到这首歌时，我立即想起了罗大佑的《鹿港小镇》，想起了《北国之春》，也想起了山田洋次。

> 从上野开出的夜行列车
> 下车时
> 青森车站矗立在雪中
> 回去北方的人群，大家都默默无言
> 只听到海浪波涛的声音
> 我也独自一人，走上渡船
> 望着快冻僵的海鸥

掉下泪,不禁哭了起来

依然是为渐行渐远的"故乡",唱出来的挽歌。不管是为海边的小镇,还是为北海道的原野,不管是为中国西部的一座灰扑扑的小镇,还是为中国南方的一个湿漉漉的小村……

在罗大佑的歌中,有一位十八岁的爱人,她也许还穿着古老的手织花布,留着长长的黑亮的辫子,最重要的是,她有一双水汪汪的眼睛,就像故乡清澈的小溪。

在山田洋次的电影中,有一位大叔,他满脸沧桑,带着旧时代的淳朴,有一对负重耐劳的肩膀,有一个挺直而决不弯曲的脊梁,最重要的是,他善良朴素、宽厚正直。

我在石川小百合的歌声中,忍不住像诗人一样伤感:多年以后,当年十九岁青春靓丽的石川小百合已经是徐娘半老,她在舞台上唱起这首老歌,几乎带着悲哭的音调,令无数听者跟随一个时代的远去,低吟而落泪。

七

从 20 世纪 70 年代到 21 世纪,四十年来家国,三千里地山河……

我们的故乡一直在沦陷,我们的歌声越来越苍凉,一个时代的背影正在衰老——就如同大叔高仓健。

当我走出喧嚣嘈杂的城市,来到市郊,我看到郊外的青菜地边，停驻着一排排巨兽似的挖掘机。一座座正在建起的高楼，森林般的脚手架和长长的天车臂，像是要把天空戳烂。弥漫的灰尘让天空变得越来越昏暗，城市边的河滩上，堆满了河水带来的垃圾：塑料袋、泡沫，据说就算是花几百上千年，这些东西也不能完全被降解。

村庄被格式化的建筑所抹去，村边的溪流变得乌黑，没有了游鱼，连小草也不愿意生长。这是必将消失的乡土，就如同一支咏叹调，留下的是袅袅的伤感的尾音。

四十年来家国……在回望"故乡"的时候，我像石川小百合唱的那样——

掉下泪，不禁哭了起来……

第二辑·

山 ＼ 水 ＼ 异 ＼ 域

山的那边，有宁静的海

一

大概在十来岁的时候，有一天我拿着一本借来的杂志，走在山梁上，我一路走，一路忍不住停下来看手中的杂志——很喜欢其中一篇散文，写的是在北方草原行走的感受。我没去过草原，只能凭着文字，想象宽阔无边的草原，蓝天之下行走的羊群，还有牧人狂野又孤独的歌唱。

我站在山间小道上，一气读完了这篇作品。合上书时，周围一片宁静。一阵风吹来，带来了夏日草木的浓烈气息——那是一些生命被烧焦了又活过来的感觉，就好比你突然看到废墟上冒出了小草，断垣角落里开出了小花，一截腐烂的枯树上长出了新枝。

这种欣喜的感觉，无以言表——仿佛我已经从无边无际的草原上流浪回来，像浪子回到了阔别已久的家，闻到了炊烟的

085

味道。我在山道上站直身子，想要高歌一曲——

这时候我看到傍晚的群山。

二

从小生长在山里，我从来没细心打量过这些山：站在山坡上，山坡底下是一条狭窄悠远的峡谷，谷底一条小河在草木掩映间悄悄流动——我能看到黄昏的阴影中，偶尔有一个小潭闪闪发光。

峡谷之上是越来越高远的山坡和山梁：最近的一道山梁，像一匹骏马的流线型腰身，山梁上是树林暗色的剪影；再往远，是一层一层的重叠的山峦，像是一些明暗交错的波浪；更远处，是一望无际的峰峦，在云雾苍茫中，霞光渲染着夏日最后的色彩……

这种遥远与苍茫，让我感受到一种无言的震撼。正如所有的孩子的好奇：山的那边，会有些什么呢？这个问题直到我学完了初中地理，也没有形象的解答。后来我很多次坐着一辆在山间穿行的长途班车，进入这些山峦之中，我依然会想到这个问题——如果能够飞行在天空中，在一万米的高空，也许我能得到这个答案。

山的那边，依然是一个悬疑。过了很多年，我明白：其实我永远也不可能知道山的那边，究竟是怎样的世界——哪怕我能够坐在飞机上俯瞰这个世界，哪怕我能够依靠卫星地图放大并且观察这个星球。

三

　　某一年我来到了大海边，站在一座小山上，在夕阳下，看海——

　　闪闪发光的海面上，各种船只忙碌穿行在内海的波光中，大的如豆荚，小的如蝼蚁，它们来来往往，匆匆忙忙。在更远的外海上，迷茫的云雾和夕阳的余晖，笼罩着无数的波浪、岛屿和船只。

　　相隔了三十多年，我突然想起少年时代的问题：海的那边，会是怎样的呢？

　　这依然是一个深奥玄幻的疑问。虽然我已经拥有了许多的地理知识，我曾在天空俯瞰大地和山川，我曾抚摸着卫星地图，用指尖感受这个星球的曲折起伏……我依然不能知道，在我站立的地方，在我视野所及的山川河流之外，会有怎样的世界。

　　很多时候，我们如同一只蝼蚁，只能看到自己眼前物的高度和宽度，视野所不及之处，我们只能依赖想象——当然想象是奇幻而悬疑的，只能带来更多的疑问。就像长在山梁上的一棵树，飞来的小鸟也许会告诉我们远方的消息，路过的风也许会带来远方的气息，头顶的星星也许比我们看得更远……但我们所闻到的，依然是周围流动的气息，我们能感受到的，依然只是脚下的方寸之地。

四

北野武的电影《那年夏天，宁静的海》感动了无数人。既有十几二十岁的小青年，也有很多人到中年的观众。电影很安静很纯美，故事很简单很素朴。一个在店里打工的聋哑青年茂偶然喜欢上冲浪，他找来一个破旧的冲浪板，每天下班了就去海边，默默地又充满激情地练习冲浪；后来他认识了一个聋哑女孩贵子，之后她每次都陪着茂去冲浪。在热热闹闹的沙滩上，别人兴致勃勃地冲浪，她守着他的衣服，看着他光脚踩着沙滩，走向大海……然后在大海上飞翔舞蹈。

这一对不能说话的青年，无声地走在防波堤边，他们的剪影安静地呈现在观众眼前——仿佛他们已经无须言语，他们只是静静地看着彼此，看着大海……

对于他们来说，大海太大，天空太大，这个世界太大。

五

但他们拥有最小的东西：一个冲浪板，一片满是脚印的沙滩，一道慢慢淌过来的波浪……

他们拥有最小的爱和感动：一个小小的梦想，一个单纯的眼神，一个会心的微笑。

也许别人所拥有的快言快语和甜言蜜语，他们都无法拥有；别人拥有的大红大紫和大热大闹，他们只能羡慕而已；别人所占有的无边和宽阔的世界，对于他们来说，都只是奢望……

但对于他们来说，那年夏天，宁静的海，就是他们的全部——他们的感动和喜欢，他们的心心相通，他们的快乐和惆怅……

在这一刻，我眼前也只剩下了夏日阳光下，这片宁静的海。至于海的那边有些什么，也许我会想，也许我不会想。

有一个旧的冲浪板，有一个默默陪伴的眼神，这一切仿佛已足够多，也足够好。

借一方小山水

一

我一直疑惑，中国古代的文人雅士，为什么特别喜欢桌上清供：一盆小山水，一株小绿植，乃至一棵小草，都可能成为桌上风景，清简素朴，带着一些野气。袖珍山水却涵盖宇宙洪荒，小花小草能点染四季明媚。

后来想，这真是大道至简，天地在心啊。想想千百年来，无论是穷书生，还是文坛大佬，都好这一口，这实在体现了中国美学之精髓。富贵人家造园置景，官宦大人摆阔炫富，都不如这小小书桌上的别有洞天。

在唐宋时代，日本人十分艳羡中国，不远万里漂洋过海，从这里学习了很多，发展成了自己民族的美学精神——他们造园，五步方圆也讲究虚实结合，讲究曲径通幽，讲究繁复与简单配合，讲究含蓄和留白，这真是深得中国诗学之妙趣。甚至他们的茶道花道，也讲究素简拙美，富有几分禅意。

现代社会极简主义又回到我们的生活潮流中，这其实是一种返璞归真，是对古典美学的重新发现。人类从自然中所得甚多，不应该再加倍掠夺，多保护自然，回归自然，人类依然可以享受这一份美好——

不必把山里的石头都搬回家，只需要拳头大一个小石头，一茶碗清水，供在茶桌上，依然可以见山见水；不必把坡地上的植物都挖回来作为盆景，一棵小小的海棠，三五朵花，依然能展示自然的纯美和春天的盛景；不必浪费太多的水资源占用太大的空间，一只小瓦盆养几棵睡莲，也依然临水照花，风景尽在眼前……

做到这些并不难，只需要少几分贪婪，少几分土豪气，多点灵性慧眼，多点胸臆诗心。一粒沙中可见世界，也可见千古沧桑；半瓣花上可说人情，也可说自然之美。

二

某一个初夏时节，我爬山归来闲逛花市。去花市纯粹为了观赏一下各色绿植盆栽，享受城市里难得的自然气息。闲了逛逛花木市场，往往能够让人忘却俗世的油腻和功利，吸收一点草木鲜活和清美之气——对我来说，这比逛珠宝店、服饰店和现代商场，要享受得多。

出了花木市场，经过外边一条陋巷，这里是老旧城区，各种自建的三五层小楼之间，拥挤着一些旧的土墙黑瓦的老房子。走在这些老墙旧门边，眼睛不断被墙上鲜红的"拆"字刺疼。突然间我被一个小摊位吸引了：是一间卖花肥的小店，店面大概只有三五平方米大小，根本没法多放东西，所以在门口摆了几袋花肥。

我被一件小盆景迷住了。

一只小陶碗，里边堆叠泥石。泥石苍苔覆盖，上边竟然长着一棵小指粗的怪松。这简直是一幅立体的国画呀！我真是惊呆了。陶碗与泥土同出一源，小石头不过是随意捡来，土上苍苔显然不是刚刚贴上去的，一看就长得有些时间了。这棵小松树，并非亭亭如盖，也不是残损姿态，而是在野山上随处可见的那种随地势而生的样子——因为经受风雨的打击，因为各种挤压和重力作用，山岩上的松树都长不成端庄挺立，而是呈现出各种古怪模样。黄山的迎客松可不是病梅馆里边修理出来的，它原本就是那样子，顺乎自然，接受命运，长成怪模样，反而像老神仙张果老。

我被这件宝贝吸引住了，店主听到我啧啧称赞，跑出来跟我闲话。原来他就喜欢培育盆景，花多年时光，养成了一些精灵般的小物。见我赞叹不已，他请我进店里，参观他的几件宝贝。

一只小盆里一颗怪石下，长出一枝平枝枸子，树枝如线，蜿蜒伸展。这东西我见过，我们秦巴山地低山野石间到处都是，它往往伏地而生，像荆棘，是一种极不起眼的植物，估计

砍柴的人都不会拿它当柴火——既小且乱，实在是贱东西。他这个盆景，完全重现了野山上的景致：野石孤耸，石下生出一条散漫的平枝枸子，慢慢伸出盆沿，在空中举出一枝长满了小花苞的横条，仿佛柔嫩无依就要耷拉下来，却并没有弯下来，它可真是外柔内刚呀。

另外一只菜碗大的瓦盆里，垒土成坡，坡上长着一棵酒杯粗细的老海棠。这算是老根了，粗短的老根上生出几枝嫩条，上边已经长了几颗粉嫩鲜艳的花苞了。

这可真是高手在民间啊！他也许并非文人，但却深通盆景之趣，他不是只求利益的病梅者，而是发自内心喜欢这份小美。我想请他卖给我一件，捧回来作为桌上清供，让我抬眼可以看到山林秀，闭眼能够嗅到草木香。但我还是有些胆怯，我怕万一不小心把这些小东西养死了，那可真是暴殄天物啊！

三

我喜欢去爬野山，胜过逛公园；喜欢随意走在山野小道，胜过参观各种网红景点。对我来说，过多的喧嚷，是对自然的损伤。至于拍照拍视频，也非我喜好。实际上，每一棵花草在四时的姿态都不同，甚至这一刻和下一刻，它的色泽也有变化，如果你不去大自然中欣赏这些野生野长的娇子，如何能领略自然的奇趣呢？

前年初夏时节在山里边的一条小溪边行走，小溪上乱石滚滚，溪水从山坡上淌下来，在山石间潺潺有声，有时候跌落成小瀑布，在下边形成清冽的小水潭。溪声若鼓琴，让人洗耳；口鼻间弥散着清凉鲜甜的山泉味儿，让人清心；听到林中鸟声，顿感满血复活，所有的人间烦恼，所有的心中苦闷，都一扫而尽。我在路边石头上随意坐下来，才发现脚边又是一片奇异小风景。

这条小径在溪边，人几乎是在一连串的石头上走路。这应该是一道石脊梁，凹处堆积尘土，长出了野草，被踏成了小径；凸处则被青苔覆盖，长着碧绿如玉的指甲菜，长着粉紫可爱的虎耳草；在苍苔间生出一串串的石菖蒲，就像一些随意剪裁的绿色丝绸，我从来没见过石菖蒲开花，这次竟然发现很多小花骨朵。

石菖蒲大名鼎鼎，是很多文人喜欢的桌上清供：苏东坡就是一名死忠粉。它也是水边生的喜阴植物，但天生与山石相伴，生长在野山野水野石间。比起水仙来说，它更野气；比起兰草来说，它更润泽；比起香蒲来说，它就小巧多了。溪水、怪石、苍苔、石菖蒲，往往构成一幅生动鲜活、富有禅意的画。

我十分羡慕苏东坡等文人，他们有耐心服侍这种野物，让它成为书桌上的一缕自然诗痕——野趣与画意相合，小而幽中含蕴着大而阔，简素清美中寓含了精致与优雅……如果书桌上有这么一点小景，那大概就算天下在我心，四季入我眼，无限自然在我怀。

借这一方小山水，装载万古自然心。还有什么比这更美好的事儿呢？难怪在苏东坡李渔们那里，这小山水，都入了神，进了诗，成了佳话。

自带魔法的石头

秋季里的一个下午，两对年轻的夫妇带着他们的孩子，驾车来到山里的一条河边。与这些曲里拐弯的山中溪流一样，公路沿着山底延伸，用柔软的线条穿过群山。在亘古的岁月里，路是人类留下的不断更新的痕迹。河流则体现着大自然的技艺，它以柔克刚，从大山的缝隙里穿过，总是想着奔向遥远的大海。人类则总是想要到达远方。远方是阻不断的，路就是一个证明，河流也是一个证明。大人们试图向孩子们解说这些历史和潜藏的哲理，孩子们却不予理会，他们更感兴趣的，是河滩上的石头。

这么多的石头，它们被水流日复一日地塑造，变得圆润而光滑。它们散漫地摆在河滩上，比起沙子来，它们显得更像庞然大物。但是沙子又从何而来？孩子们会想象大自然的这些神奇的技艺：风和水，将山壁切割，变成了石头；风和水，又将石头打磨，让它们变成了细小的沙子。这富有童话色彩的变幻，让人想起了海的女儿，那日复一日在大海中寂寞唱歌的女儿，终究会变成大海中七彩的泡沫，只因向往绚丽的远方，她甘愿化身为大海中的一朵浪花。

大自然仿佛用这些石头，阐释了沧海桑田的壮阔与残酷。那些生命的痕迹，最终难逃物质的循环往复，一棵大树，枝繁叶茂，终究变成了一截乌黑的石柱；一只霸气的恐龙，融身巨石，留下了尖锐的牙齿和巨大的脊椎。

在孩子们的眼中，石头宛如一把打开神秘宫殿的魔法钥匙。而这些石头本身，也是一个魔法宫殿。亿万年的时光，凝固在小小一块石头中，这众多的石头，每一个都有着自己独特的故事。这些故事，就像一道道谜语，等待着这些孩子们来解答。

一个人久居都市，很难亲眼观察到那些石头。孩子们被圈在钢筋水泥的牢笼里，很难亲手触摸到石头的肌肤和纹理。而在山中，无数的石头，沐浴着风雨，经历着时光的冲刷，每一个都蕴藏着丰富的内心，每一个都记录着神奇的故事。

石头是山里孩子的玩具。这返老还童的情景，让人想起了人类的童年时代。非洲人，中国人，阿兹特克人……那些古老的居民，最先把石头变成了他们的工具——他们用石锄耕耘荒原，种植谷物；他们用石刀分割兽皮，做成衣物。经历了几千年，古代埃及人用石头垒砌了巨大的金字塔，古代中国人用石头修筑出蜿蜒的长城。

人类的文明被石头记录，从古老的法典和诗歌到现代的建筑和雕塑，从国王的宫殿到老百姓的墓葬，所有人的生老病死，对于穿越历史的石头来说，只是风雨不惊的一瞬间。作为一种可以看到的永恒，石头带给人的想象既伟大又惊心动魄。那些奢求永恒的人，面对石头，只有悲哀，因为当他自己化为枯骨时，才知道永恒何等虚幻。那些渴望不朽的人，只能从石头上看到绝望，因为就连石头也不能不朽，更何况肉身！皇帝把自己装在千年不化的石棺中，多少年后，石头还是石头，肉身大多已灰飞烟灭。名流把自己的名字刻在石头上，多少年后，人们看到的是陌生的符号，石头还是石头，墓碑可能已变成山里人渡河的列石。庙宇用石头砌成，人们跪拜的神仙却在变化。皇帝的御陵由石头垒砌，皇帝自己却化为灰土。

由石头记载的历史，惨烈而残酷，这是那些在石头上寄托希望的人所无法想象的。大自然的历史，人类的文明，都用硬化的方式，穿越了时间，剔除了糟粕，滤去了杂质，缩微了精华，把最好的留下来，这是石头承载的信息，也是时间的哲理。

在我们的孩童时光，有多少次和石头对视的机会。日复一日，石头作为玩物，伴随我长大。燧石敲击，可以发出火花；片石打磨，可以成为利刃。对面山上的石壁，是亮色的，神秘而又高远，令人无法接近。院落一角的石磨，却是石匠的杰作，成了给予我们日常食物的工具。山里的坡地上，人们用石头垒砌筑坎，防止水土流失。山间的溪流上，人们摆放石头，踏石过渡，替代了桥梁。

小时候我去一个老外公家，他家住在山坡上。家里没有小孩子，但那两位老人偏偏喜欢小孩子。所以我到那儿去，就仿佛王子来到了王国。他们给我以充分的自由。他家的那面山坡，成了我最广阔的活动场所。那是一片瘦瘠的山坡，是一列缓平山梁的支脉。山坡上几乎没有土地，除了茅草和荆棘，触目可见的，皆是石头。

多少石头啊，比村庄里的人还多。

石头仿佛山生在土里，是山的一部分，是大地的一部分。有房子大的石头，看上去沉默异常，石头上披覆着苍苔；有床大的石头，稳稳摆放，上边时时飞来小鸟停歇。有的像是家养的猪马牛羊，它们摆出各种造型，吃草或者拱地，摇尾或者摆头，在一瞬间，这些动作定格在那里，成为千年不变的姿势。

这么瘦瘠的山坡！只有石头与石头的间隙中，有一小块土壤堆积，这些土壤的面积，甚至没有最小的石头大。在石头巨大的阴影间，土壤才得以不被风带走，不被雨水冲失。那些荆棘、茅草，还有偶尔结出的果实和开放的野花，会在春天里给这个灰色的、凝重的石头世界，增添些许亮色。

有一种长着很长枝条的荆棘，它们在山坡上长得最旺盛。扎根在石头下的小堆土壤里，一丛丛地伸展出来，枝条飞扬，像是妖精善舞的长臂。这种荆条肯定是把根扎在石头底下，用无数细小的根须抱住石头，以免被风连根拔起。它们那么多长长的手臂，柔曼地四处张扬，被风吹得飘舞颤动。

荆条上长满了尖锐的刺，刺和荆条本身却有着华丽的色泽，像是涂了蜡，光滑而富有光泽。春天里，柔嫩的枝条是紫红色的，仿佛通体透明，呈现出艳丽的色彩。它开花，是白色的小花，春天里也同样散发出山野的芬芳，招来采蜜的蜂。

春天里长出的嫩芽，紧紧抓住长长的枝条，一粒粒附在枝条上，是紫红色的，毛茸茸的，过几天在阳光下舒展开来，变成了卵形的小叶片，柔嫩、细腻，令人不忍触摸。山里人在饥饿的年月里把这种嫩叶摘去当饭吃，我没吃过它，这种浑身长蜡的荆棘，它的嫩叶也一定是苦涩的。若不是有这满山的巨石给它提供庇护，它可能连这么小的叶子这么小的花也是长不出来的。

在秋天，荆条上的刺变得坚硬而锐利，枝条本身也是更加坚韧，叶子变成了灰白色，枝条则呈现出一种刚性的暗色。它结果了，是一种乌黑发紫的小果，貌似桑葚。我记不清多少次独自一人在石头的阵列中寻找这种微酸而甜的棘果。为了维护自己的果实，荆棘枝条上的刺尖锐锋利，风吹动的时候，或是你触动棘丛的时候，一不小心，那棘刺就会挂住你的衣服，或者干脆扎进你的皮肤。衣服被死死挂着，枝条像是缠抱似的，围绕着你，更多的棘刺会刺破你的皮肤。这种荆棘的自卫能力如此强悍，难怪在这荒僻的山坡上，它也能茂盛繁衍。

很难想象，日日与这些了无生气的石头为伍，生命如何存在并且延续。这浑身长蜡的棘条，它的叶子是苦涩的，它的花是瘦小的，它本身丑陋且凶狠，但是为了这点儿微小的果实，它却是调动了所有的防护措施。大多数鸟儿只能在光裸的石头上或者棘条所及的开阔地上，捡拾那些被风吹落的成熟果实，它们是不敢贸然去枝条上采食果子的。其他的动物，更是不能觊觎。这种荆棘不惧孤独地长在这片瘦瘠的山坡，它们差不多是排外的，棘丛底下，不见有草生长，因为荆棘扎根的地方，都是巨石遮蔽之处，没有阳光，甚至缺少雨水，草又如何生长？但是石头既是它们的守护神，又是它们安静的朋友。在山坡上，我常常看到修长柔软的棘条在巨石上张扬着，像是团团围着石头跳舞，又像是长袖轻抚这些黑色的硬汉。

这样的时刻，我震惊了，人在童年时代很少有这种感觉，因为那时候你不懂得沉默也是一种力量。这些巨大的哑默的石头，固守在这瘦弱的山坡上，一定有它们自己的道理。童年，你需要受到这种教育。知道震惊，才知道敬畏。知道敬畏，才知道世间有很多东西，你无法漠视，无法蔑视，不能轻侮。

冰川纪，巨大的冰川将地表的石头推动，形成一条条石头的河流。在今天，人们多少次在山中目睹这样的痕迹。很多次，我行走在山间，看到一线清澈的溪流在乱石中穿行。水流绕过巨石，在低处形成水潭，水流碰撞着石头，变成一潭雪白浪花。石头护佑水流，又时而出现清澈的水潭。各式各样的生命，在冰冻世纪之后重生，潭里有小鱼、水虫，潭边有小草，连石头的缝隙中，也生长了绿色的苔藓，用鲜活的色泽阐释着生命无处不在。石头却是生命循环往复的见证，它穿越了冰冻时代，来到了当下，既坚硬又柔软，既漫长又短暂……这是你目睹山中石头，无法不产生的想象。

有些人喜欢寻找各式各样的石头。在山间，那些痴迷远足的人，总是在满河滩的石头中寻觅，希望找到中意的石头。我所认识的收藏石头的人都说，人和石头的相遇，是缘分。这是具有不确定性的。设想，一块石头，躺在山间、溪边、河滩上，多少年过去，无人打搅它的宁静……这个时候，有人踏足其间，随手拾起它，并且爱上了它。对它来说，这是意外，抑或是惊喜，我们无从得知。收藏石头的人，会以为人和石头有了缘分。但是这种缘分，又何尝不是一厢情愿？

石头是无生命的东西，在宇宙中，多少星球上都未曾有生命的痕迹，而这些星球，多数都是由石头组成的。幽远的宇宙中，石头并不能带来生命的传闻。通常，我在观看一块石头时，就像在孩提时代一样，它并不与我进行某种对视。它孤寂地待在它该待的地方，我沉默地立足于我该立足的地方。

石头各式各样的外形，是自然界亿万年塑造出来的。石头的肌理纹路，也是由于地理变化缓慢形成的。这里边蕴藏了人类探求不尽的奥妙和自然历史。同时，它也带给我们无数的遐想——美质美形，是它柔软的一面；固守和沉默，则是它刚性的一面。人类留下的启示物，总是千年不化的，是用刚性来抵抗时光对它的悄然改动。所以，石头可以进庙堂，做圣物、神器，一个肉体凡胎则是不能的。石头可以书写法典、经书，宣示着一成不变，而易腐的纸张则不能保持其永久。

曹雪芹在《红楼梦》开篇写下传说，这部充满温情的大书，原本就是写在一块石头上的。这块石头，来历久远，它是女娲补天剩下的无用之物。在古老传说中，破漏的天空是女娲补上的，否则，我们人类至今还沉沦在茫茫汪洋之中，得不到解救。石头寄托了这个作家一颗柔软而悲悯的心。石头宛若上帝放牧的羊群，万年不老，却蒙受着圣泽的目光。石头仿佛女神怀中的瓶子，在长久的温暖之中，盛满了遍洒世间的雨露。

地质学意义上的石头，冰冷、暗淡、坚硬，积淀了时光坚不可摧的内涵，代表了沧海桑田的无穷变迁。但是自打有人类起，它就变成了实用工具，也变成了审美载体。世纪冰河里滚动的石头，经过亿万年的滚动，终于停止了前行，随意摆放在山中的一片河滩上，它曾经沧海，任由人类的目光打量。这是大境界，是大胸襟，所有的圣者、智者、诗人，都曾在面对它时，受到教育。千百年来，这种教育，从来没有停止过。

泉水叮咚

一

如果你愿意，你可以用四十年来写作一篇与泉有关的文字。

就好比这漫长时光，就是隐藏在岩石下、地层下的一脉纤弱的、细微的流水，坚韧而缓慢地涌动着，直到某一天它轻轻地冒出来，把周围的土石变成了护卫的城池，把坚硬的岩石研磨成细细的沙子……于是这一眼泉形成了，终年不竭，静收天光云影，动则蜿蜒歌唱。

古代的诗人们喜欢用水来形容时光，真是妙极了！光阴是看不见摸不着的，你却能感知到它在流逝；光阴是流动的，你能感觉到它的节奏，却把握不了它的静与止。泉水也是如此，你看它是晶莹剔透的一汪，无法把它抓住握在手中，更不能把它团起来保存住；滴水可以穿石，就算你用石头做的瓮把它禁锢起来，它也会冻结成冰挥发成汽，悄悄溜走，一旦石瓮禁不住风霜的磨蚀变得脆弱了，这水依然可以破瓮而出，你拿它一点办法都没有。

正如某位作家写道：当他在世上漂泊了四十年，回到老家之后，站在那里的一眼泉水边，立刻想起了，这泉水中曾经照过自己父母乃至祖父母的身影，曾经滋润过年少的自己，曾经把母亲的餐桌和灶台变得干干净净……

这时候你禁不住热泪盈眶，就仿佛儿时你从这汪泉里吸收过的水，如今又还回来了。

这片土地上可能没有了老家，没有了房屋，甚至没有了祖坟，但这眼泉水依然清澈明净，像小姑娘的眼睛，像含苞待放的花朵……

它始终如一的鲜活，让四十年风雨顿时化成了一抹春色。

二

我家老屋后有一块巨大的石头，它悬在屋后的小坡顶，像固执地蹲在那里的一头熊，又像是从太空随机落下来的，它以一种危险又稳定的姿势悬矗在那里，让我家的后檐有一片阴影。

这块石头不知道以这种姿势在这里待了多少年，它悬空而立，斜矗在屋后的坡地上，假如它哪一天掉下来，那我们家的老房子就没有了——它看上去如此危险，却并没有对我们产生什么威胁，很多年过去了，它也没有掉下来，一直保持着那样的姿势。

大石头顶上长着一些构树、艾蒿，石面上还爬着青苔、狗牙瓣（覆盆草）这些常青小草，看起来很疏野——后来某一天我父亲把构树枝砍了，艾蒿都拔掉，让这石头露出来……当然第二年春天，这些东西又生了出来——农家房屋周围这样的植物就像家养的，不过太杂乱会让人害怕里边藏着蛇啊黄鼠狼之类的东西。

大石头下边就是我们家的后檐沟——在潮湿多雨的秦巴山区，檐沟是必不可少的：每当下大雨，山坡上冲下来的山洪瞬间会让你房倒屋塌，檐沟就聚集了这山洪雨水，把它导引到低地，既减少了房子的风险，也避免了多雨季节屋里过分潮湿。每到夏天，我父亲会无数次清理檐沟，掏得深深的，沟边用石头砌得严严实实。

大石头下边的黄泥十分滑腻，就像被泥水匠揉熟了的浆泥。后檐十分阴暗潮湿，孩童时代我很少一个人去，特别这个大石头的阴影，让人产生几分恐惧感。稍微大一些了，我经常跑到大石头下边查看，有时候能看到山螃蟹从石头下边的洞里进进出出——既然这样，这里显然是不缺水的。石头下长着虎耳草之类的喜阴植物，夏天里下雨时节，石头下就有水流出来——我觉得这是个水源。到我五六岁的时候，我就特别想从这里掏出一眼泉水来。

我找来尖嘴镐、钎子和铲子，挖这被山螃蟹钻出了许多洞的湿滑的浆泥，挖了好深，终于有一眼小泉流出来。我用小石头和泥土砌成一个小水潭，让这泉水聚起来。

当然我挖的这眼泉并没有长久：天干旱的时候，它不再涌出泉水，连山螃蟹也躲到深洞里去了；一旦下暴雨，那顺着石头两边猛冲下来的山洪，顿时把我砌的小潭毁掉了。我终止了保住这眼泉的行为，因为父亲告诉我，真的有一眼泉也不合适，它可能对我们的老房子是个威胁。

三

我们这个只有六七户人家的小山村里，有两口井，都是山泉水自然形成的。两眼泉都在坡地，靠近沟底水田的地方，再往下，就是一条终年流淌的小山溪。上边的一眼泉，大概有很多年历史了。泉眼在几块矗立的青岩下边，三面被人插上厚厚的石板围成一个方井。这些插上的青石板都是有年头的，不会比我们村庄的历史短。泉水清澈见底，任何时候你都能看到潭底的泉眼汩汩冒出细细的水流。潭底没有丝毫泥土，只有细细的沙子，泉水涌动的时候沙子也像在开水中翻动。除非大暴雨，这井都是干净透明、不沾一丝尘滓的。打水的人都会自觉淘洗一下，不然会有落叶啊草籽之类的东西留在泉里。下暴雨的时候，大家都不来挑水，周围的山洪可能混进水里，但只要雨一停，不出三两个小时，这泉水立刻又澄清了。世上大概没有任何人和物有这泉这么爱干净的了。它一刻不停地冒出清水，洗去污浊，淘净水井，真正是世界上最洁身自好的了。

另一口井基本上就是一眼天然泉，在村子另一边的山坡下。它在一条大路边，上坡干活下河洗衣，赶集走亲戚，都从这儿过。这是山里边的一股水脉，自然而然冲出一个小潭，同样干净清冽的泉水从泉眼涌出。这个小水井可能没有前边的那个古老，但它很亲和。就在路边，过路人经常在这儿歇口气，随手在坡地上摘片桑叶，卷成一个小勺子，就能从小潭里舀起泉水喝。这水冰凉，牙齿不好的人都不敢喝，怕惊了牙（牙神经疼）。

这井这么方便，却从来没有人敢弄脏它，连村里最傻的放牛娃，也不会让牛在里边饮水。这种禁忌代代相传。两个小井下边都有另外一个水潭，专门用来饮牛羊或者洗衣服。

我有一次和我妈走路经过这里，渴了，我妈就摘下一片桑叶舀水给我喝。我好奇地问：为什么我不能趴在水潭边喝呢？这多方便。我妈指着水井边一堆湿漉漉的桑叶，告诉我，如果你趴在水井里喝，会弄脏了水，别人怎么喝呢？还有，这水很凉很冰，喝急了人会生病的，摘片桑叶舀起来的水，很少，可以慢慢喝。

四

科幻小说《火星救援》里，为了一滴干净的水，需要用尽最现代的科技手段；而在科幻小说《沙丘》中，人们甚至

连死去人身上的水也要回收……人类经过了数万年，终于知道，在这个星球上，最宝贵的不是庞大奢华的都市，不是原子弹或者芯片，不是水泥或者巧克力，而是水。一滴干净的水，它象征了生命最核心最本质的需要。

而我们的地表水早已经被污染得不成样子。如果没有厚厚的地壳，没有泥土地下坚硬的岩石，这些干净纯洁的泉水，恐怕也早已被污染了。在今天，我们不得不用这些被污染的水来续命，这让我分外想念那大山底下的一线细弱、微小的泉水，它是多么纯洁清澈啊！

有一次我去贵州，在某一处大山顶上，竟然发现一条奔突的河流，还有飞溅而下的瀑布，这条山顶上的河一波三折，始终保持一种别样的干净澄澈。它占尽了地势，我们人类的所作所为完全不能对它产生影响，至少不会污染它。

我忍不住把手伸进河中，想要触摸它的纯美。

回去的时候，我在高山上的小路边发现一眼泉水：当地人在泉眼处扎进一根竹竿，于是泉水从竹竿中淌出来。我十分开心，立刻从这里接来几瓶山泉水，下了山，第一件事就是倒进水壶，烧来泡我带的春茶。

这高山上的泉水，仿佛自带甘甜，让春茶变得更鲜嫩。

五

很多时候我喜欢随意行走在山野。别人以为我是喜欢清静，但我更喜欢的是它的干净。世上最干净处，莫过于那些还没有被人过多踏足、没有被"开发"、没有被圈起来收门票的地方，就像我老家的一眼泉，虽然你千万次走过，但你千万不要在里边洗脚，洗脸，把嘴巴伸进去……你得用一片干净的树叶，舀起来一点点品尝——这也是保持一点敬畏，这样你才能拥有一眼永远干净清澈也永不枯竭的泉。

我五六岁的时候很想在后檐下挖出一眼泉，但后来我更喜欢村里的那两眼泉。它们是共有的，但它们也是得到公共呵护的；它们是不会让人轻贱的，能让人保持一点敬畏与感恩；它们还保持在野地的样子，不像我想把一眼泉变成私人领地……看起来，我父亲早已经懂得这些，所以他不赞成我挖这一眼泉。

我们村头的两眼井，每到过大年时都会有人在那儿上几炷香，放几挂鞭炮，这种习俗我从来不懂，不知道他们为什么要给一眼泉水上香供奉。我父亲也没跟我解释，但后来我懂了这种礼敬——我们所拥有的一切，都不过是上天的恩赐，不管是泉水，还是生命。

某一天我在山野遇到一眼野泉，不自觉地就趴下来，像是跪拜这泉水。

我从水潭里边掬起冰凉透明的水，洗眼睛——很多年，我都记得这个仪式。我年少的时候，一位农妇告诉我，用野山泉洗眼睛，可以医治眼疾。我没有眼疾，但我很想我的眼睛永远清澈如水。

水边的城市

临水而居，这让人想起一幅美妙的画：每一条河流，都镶缀着一串珍珠般的城镇。

在人们的想象中，这世上最美丽的人居，莫过于临水而居。推窗可望见碧水荡漾，凭栏可见烟波浩渺。古来观景之处，都因为临水而得美名：黄鹤楼、岳阳楼，都是登楼看水的好地方。姑苏城外寒山寺的钟声，则仿佛浸润了一叶扁舟的客心，顿时充满了漂泊的忧愁。杜甫提笔欲写诗，写下的却是门外大江上的万里行船，欢快流动的归乡之情。

但临水而居，不过是古往今来人们最古老、最质朴的一个居住要求。

万物生长都离不开水，人类的生活自然也离不了水。所以这要求并不过分——上天造就了人，就自然而然地给了我们生命需要的水。每一个村庄都需要水源，比村庄更大的是城镇，城镇很多是临河而建。这不单单是为了所需要的水源，还有流动的需求。

在古老的时代，水路当是最便捷的交通了。有货物转运，人来人往，才有了城镇。

一条河流，无论大小，一路上总串着些村庄和城镇。

在那些临河的城镇里，最低处的街巷大多叫河街。在过往的时代，河街上住的，一般都是城里最低等的一类人。看沈从文的文字，可知这河街上住的，多是水手、卖力气活的穷人。男人往往当水手，女人做些打杂的活儿。每当大水来临，河街的人打着包袱，老老少少拼命往上边逃，边走边眼睁睁看着平日里当成衣食父母的河流，顷刻间卷去了他们的房屋和家当。

我有位好友是在一座水边城镇里长大的，上了大学还不会骑自行车，因为在他们那小城里，街道和马路就是上坡下坡，没法骑自行车的。城镇临水而建，往往背山面水，那些水边的小城镇居民，从小就天天得面临海拔的极大反差。我那位好友，读小学在半山，读高中就在山顶上，所以从小到大，天天爬坡，令人顿时想起沈从文当年的描述。

沈从文笔下的湘西，多山，多水。山水相依，构成了那些峡谷、滩涂、小镇。山中货物转运，多从水路。所以小镇自然成了中转站和补给地。湘鄂川贵交界的湘西地区，由于沈从文的文字，后来被人当成富有神秘气息的地区。这些地方，山地僻远，民族杂居，生活民俗自成体系。

年轻的时候，沈从文在这些地方漫游，坐着转运货物的船只，游走在沅水、澧水之间，亲历了山水间的行走，踏过青石小街，走过木板门面，见惯了水上大声吆喝的水手、水边吊脚楼上倚门翘首的妓女。到了北京，他把这些写下来，却成了都市人猎奇的风景。

但是他的笔下除了诗意，自然还有朴质、醇厚、土气的乡土人生。很难想象，如果没有这些水边的小镇，没有这些水上年年奔走的船只，就不会有这些文字。多年以后，人们把他当成了传奇；当年他初到北京，只是一个地道的乡下人。他却有着乡下人的固执和莽撞，这份固执造就了一个文坛高才，这可能是山里人乡下人的原初性情吧。

我每次看到一座水边的城镇，就会自然而然想起这位高才。也许他的成名带着偶然性，但是他的文字，自然是独树一帜，世上罕有人能及的。也许并非无人能比他的高才，而是无人能比他的莽撞和固执。无论如何，古往今来那些在文学上有成就的大师级人物，他们身上都有着某种莽撞和固执，孤傲和灵性。这些东西夹杂在一起，你可以说是缺点，也可以说是优点。各地的地域特点，也如此。比如湘西，那么一块地方，水和山，码头和城镇，它个性的地理和人文构成，本身就是浑然一体的。

有山就会阻人，愚公要子子孙孙来干移山这么个大工程，一辈辈的人干这个，为的只是找到一条翻山的通途，但恰恰是山，又可能护佑了独特的文明。

有水就可流动，可以带来外面世界的文明，但是水也可以成为灾难，大水成灾，往往令人家破人亡。

在过去的时代里，水边的城镇不叫城市，而被叫作"码头"。中国有许多大码头，比如天津和汉口；又有许多小码头，每一个水边的小城镇都是一个小码头。在旧时代，到一个地方，要礼仪性地拜访当地的达人和望族，叫作"拜码头"。

码头生长的人，见多识广，熟悉三教九流的事儿，懂得三江五湖的胃口。所以大凡能称得上"码头"的城市，也是令吃货们垂涎向往的地方。"码头"上的人，善于把天下的食材都搬上餐桌，做成百种花样和味道，来满足八方口味。到某个水边的城市，你不妨到"河街"品品当地的美食，在旧时代，河街人虽然穷且土气，但却往往非常有见识。

这是水的好处，水本就是流动的，流动意味着变换和吸纳；而山则不同，山是固守的。倘若山和水混杂在一起，那就是固守与流动同在，比如沈从文笔下的湘西。

中国古代最有名的水边城市是扬州，它处在长江和大运河交汇之处，堪称水的杰作——人工与天然完美结合的成果。几千年华夏文明史上，扬州一直是一个重要的码头——临水而居，方得水之鲜活灵动。也只有这样的城市，才当得起春风十里的美名啊。

风声停不下来

一

仿佛置身于一部恐怖电影之中：半夜里，狂风开始吹刮着城市。

这是一部没有画面只有声音的恐怖剧，当你看不清一切，只能听到巨响的时候，这世界是不是很让人毛骨悚然？

先是扑簌簌一阵响，金属窗框和玻璃开始震动，金属和金属碰撞，发出咯咯嚓嚓的声音。像一个传说中的巨人从天而降，他抓起一块块一片片的金属放进嘴里咀嚼，你听到的是钢铁被咬碎的声音，这种咀嚼声让你浑身开始起鸡皮疙瘩。

有两股巨流开始撞击，就像两个格斗士，他们迎面相扑，互不相让，都吭哧吭哧使着暗劲儿，在势均力敌之中彼此都压抑着，没有更大的声响，但你能听到他们的脚蹬着地面，身体抵着墙，发出的那种沉闷而厚重的声息。

突然间从黑暗中传来千万声怪叫，这不是人间的声音，你仿佛已经跟随但丁来到了地狱，听到了无数个声音混杂在一起，那是悲鸣和呐喊，是哭泣和惊叫，是无数的叹息和幽怨的号叫……在深夜，一座城市深睡之时，这宛如噩梦的千万种怪叫，不知道让多少人的睡眠充满了本能的战栗。

一群野蛮人闯进了熟睡的城市，他们把晾衣杆摇得叮当乱响，撕扯着阳台上的遮雨棚，他们把手伸进厨房，一气把碗筷杯盘都推倒，发出哗啦啦的碎裂之声。这群野蛮人试图闯进你的客厅，摔碎你的花瓶；把墙上的画掀开，想要找到你藏起来的存折；他们几乎要闯进你的卧室，把你从床上揪起来，让你在寒冷的冬夜瑟瑟发抖，惊恐地面对这虚无中的强盗。

楼好像要被撞倒，城市像一艘在惊涛骇浪中停泊的巨轮，任由风暴摇晃着、撞击着、颠簸着，没有抵抗力，只能承受。听着自己的钢铁和水泥铸成的骨架，在咯吱咯吱响着，像是要拗断、破碎、垮塌……

二

我寄居于一座城市，因这风声而感到惊恐。

多年来，我已经习惯了城市，走在流水般奔忙的街头，小心翼翼经过斑马线。看到一棵无精打采的树上覆满灰尘，经过它的时候灰尘簌簌落在我的头发上。从无数的陌生人身边经过，有一个人无缘无故撞击我一下，或许是他太忙碌，忘记了向我道歉。罢了，我想想，这么多人，我们也许永远不会再碰到第二次。

这样想着，突然哐当一声，后边的一块广告牌掉落下来，我不由庆幸自己逃脱一命。但是不到五分钟，我又经过了另一块广告牌下，刚才的生死一刻早已忘却。

在一幢高楼下，几百个人在围观，他们一起仰头向楼上望。一群警察匆匆集结，赶往这个现场。在这幢楼的十六层，有一个女人手抓着护栏。围观的人们在大喊，要跳了，要跳了。他们等待着那惊险的一刻，像是在观赏一部大片。我会无缘无故地想，如果她跳下来，刚好落在我身上……我不由冒出一身冷汗。过了五分钟，我离开了这群人，忘了这一切。

就如同千万寄居在这座城市的人，我学会了抹去那些恐惧感，继续着每一天的生活。

但是风声，却经常在夜深人静的时候，重新掀起那些恐惧感。

三

我记不清是哪一年哪一天，注意到这风声的。

我听过无数的风声，都宛如天籁，没让我产生如此的恐慌。

在乡村，大风吹起来，你听到四处的树在哗啦啦响，叶子拍打着叶子，树枝敲打着树枝，仿佛醉了一般，树扭动着高大的身体，在醉舞，在摇晃。有时候发出突然的断裂声，一根带着枝叶的树枝呼啦啦掉在地上。

叶子飞舞，泥土变成了灰尘在空中打着旋儿，鸟儿急急飞向安全地带，天上的云也在慌忙奔跑，你可以站在一块空地上，任由这风吹拂着你的头发。风拍打着你的脸，让你的皮肤感觉到一阵阵酥痒。你不用担心，是的，不用担心，你的头顶没有广告牌，身边更没有被摇晃的楼群。

四

在荒野，你能听到树林发出阵阵响声，像是大河奔流。我曾经在松林边听阵阵松涛，像是一曲天仙的合唱，时而是和声，时而是独唱，有时候也像小丑一般，来一个怪异的恶作剧，发出尖声怪叫，让你听了想要发笑。

所有的草都在风中跳舞。

湖面则一圈圈地制造着涟漪，先是大圈，然后是小圈，一圈套一圈，终于变成了万顷波纹，美妙地动荡着。

风从树林经过，从草地经过，从湖面经过，发出了不同的声音，这万种声音，让你感觉到大自然的和美，你不会有恐慌，仿佛自己已经变成了一棵草，在风中沉醉地舞蹈。

五

越是想着这些，我越对这夜半的城市风声感到恐惧。

我这没来由的恐惧来自何处，我不知道。等风停息下来的时候，我试图忘却，但恐惧感深入骨髓，让我无法平息。

2008 年 5 月 13 日，有一个女邻居，她娘家在四川理县，她告诉我，她父亲昨天刚刚逃过一劫。这个泼辣的四川女人大声地讲着她父亲的事儿，说："我老汉（四川人管老爸叫老汉）突然听到吹起一阵妖风（她用词够夸张吧?），就在那一刻，他一步跨出房子，然后，我家的楼就塌了……"

人讲故事总是不会那么真切，甚至带着夸张，甚至带着劫后余生的惊喜，仿佛只是在讲一个电影中的情节。

但就是这个夸张的讲述，让我对风有了特殊的印象，我想了想，我对城市的风声的注意，应该是从那一刻开始的。

六

很多时候，我都感觉到，我们寄居在一座城市，实在是迫不得已的事儿。我们的恐惧感，可能要一直伴随着我们。天亮了，窗外响起了车水马龙之声，店铺响起了音乐，公交车的广播报着站名。从半睡半醒中醒来，我的恐惧感消失了。但风，没有停止，仿佛此刻正隐藏在什么地方，随时会袭来。

深夜的雪

我喜欢深夜落下的雪。

就像是上天悄悄把新的一天送到我的窗口：干净，新鲜，洁白无瑕；明澈，宁静，平和而朴素。

真的很像一个童话，是无声无息的光阴描绘给我们的。

我听到扑簌簌一阵响，窗外的树枝上，纷纷雪落，仿佛仙女的舞步。

清寒明净的空气，钻入鼻孔，含着一丝淡淡的甜香，这是新年的礼物：一块冰糖的味道。

好吧，我喜欢用一首诗来迎接新的一年，它似乎该是这样的：

> 瓦斯炉里温热的火，
> 发出细小的微响，
> 门窗紧闭的书房里，
> 电灯静静照着略带倦意的我们。

傍晚的阴云变成了雪，

适才打开窗，

已是雪白的一片，

地上，屋檐上，还有我们的心里，

都堆积着无声的雪的分量，

那柔软的重量，包裹着快乐。

世界屏息凝视，睁开了赤子之眼。

"看啊，雪积了这么厚了。"

远处传来隐隐叫声，

还有啪啪啪，磕木屐的声音。

接下来是沉默的夜里十一点，

话聊完了，

红茶也喝厌了，

我们只是手牵着手，

侧耳倾听寂静世间深藏的心，

看时间慢慢流逝，

微微出汗的脸上满是安宁，

准备好接纳一切一切，人的感情。

啪啪啪啪，一阵磕打声后，

像是汽车的声音——

"啊，看啊，这场雪。"

我开口说。

应答的人一头撞进了童话世界，

微微张开口，

为这雪欢欣。

雪也在深夜欢欣，

雪下了好多好多。

温暖的雪，

静静飘落身上的厚实的雪。

（高村光太郎《深夜的雪》，刘玮译）

这首一百年前的诗歌，顿时把我带进了一个雪夜。

就仿佛在春天悄悄到来的路上，上帝为它撒下一片洁白无瑕的花瓣。而我，意外地撞入这么一个时刻……

诗人高村光太郎写下的这首诗，弥漫着一派人间的气息：在一个宁静的夜晚，和爱人在一起，听着窗外的声响，喝着红茶，说着话。

这时候雪正悄悄落下，并不想惊动享受人间甜蜜和宁静的人们。

就在这样一个深夜，雪正精心地打点一个童话世界。它铺满山川大地，抹去了各种芜杂；它簌簌有声，掩住了俗世的喧嚣；它把清脆的木屐声留在了空气中，让你想想踏雪归来的感觉。

我想象应该是这样的一个夜晚，我们送走了旧年，就在这样一场轻盈纯美的大雪中，我们迎来了新的一年。

与这样的夜晚相伴的，有温暖的火苗，有醇香的红茶，有闲闲的语调，有轻轻的呼吸……

与这样的清晨同来的，是满世界的平和静美，是一声惊讶的呼喊，是一串印在雪地上的脚印……

每一个沉闷的夜晚，可以这样结束。

每一个喧嚣的早晨，都从这里开始。

不管有怎样的一天等着你，你都可以从最朴素的地方出发：那是梦开始的地方，那也如清澈的溪流之源，那更像花朵刚在泥土里醒来……

这样想着，这一天，这一年，都变得如此美妙，就好像有无限的光阴，都从一片雪花开始。

是的，雪落在夜深的大地上的时候，新年的钟声正在敲响。

假如你知道雪花有多美

一

　　如果不把雪花放在显微镜下观看，你很难看清楚它的华美；如果不知道雪花是如何变成了雪花，你很难懂得它的精妙。

　　这的确需要一点儿对事物追根究底的精神。

　　到孩子长大了，我们当父母的才明白，因为对这个世界、对万事万物的粗疏和浅尝辄止，我们的孩子很多潜质被抹去了——比如对世界的好奇心，比如对事物的观察和了解，对某个问题追索到底的习惯……

　　十万个为什么远远不够，每一个孩子心中都藏着百万个千万个为什么——这涉及我们人类生活的方方面面和大自然的无数细节。

　　很有可能一个小小的问题，最终会促成科学上的新发现；

对某个为什么的不断追索，有可能把人类的认知提升到新的高度；一个孩子天真而大胆的想象，很有可能培养出他对社会和人生的浓厚兴趣和深远的热爱。

二

你是否去观察过一片雪花？它到底有多美？

有个科普作家讲了这样一个故事——

在 1880 年 2 月 9 日，本利特 15 岁生日那天，妈妈送给他一台旧显微镜作为礼物。这改变了他的一生。

"我发现每片雪花都是奇迹，"他后来说，"每一个冰晶都是设计的杰作，没有一个设计有所重复。"

17 岁时，本利特把当时新发展起来的照相机技术和显微镜相结合，实现了他捕捉雪花晶体之美的梦想。

他的父亲同意花 100 美元来买材料，给他制作一台原始相机。本利特经过数周艰难的实验，终于在 1885 年 1 月 15 日这天，在自家农场的木棚里拍出了美丽的雪花晶体——这也是世界上第一张雪花晶体的显微照片。

在他拍了许多这样的照片之后，他从农场跋涉 16 公里，步行来到佛蒙特大学，见到了珀金斯教授——后者是一位生物学家、生态学家。

铂金斯教授对本利特的雪花晶体显微摄影叹为观止，

鼓励他一定要把这些写下来，让这些美丽的雪花能够得到世人的观赏。本利特并不会写作，他只是拍了这么多照片，在教授的帮助和鼓励下，他后来写作了几十篇有关雪的科普和学术文章。

1931 年，本利特去世的那年，他写下了世界上最伟大的一本书——《雪晶体》，发表了他 5000 多张雪花晶体照片中的 2500 余张。

（贝恩德·海因里希《冬日的世界》）

三

我忍不住把这个故事讲给许多朋友听，包括一些年轻的妈妈。

你一定要保护孩子对世界的好奇心，你一定要呵护孩子那些天真甚至荒唐的想法，你不妨让孩子试着问更多的为什么……

这或许是我们作为人类真正值得骄傲的事：我们可以把一生献给某个小小的事物——比如一片雪花。

我对那些执着地把事情追索到底的人，总是充满了无比的敬重：世间很多事物，我们不问几个"为什么"，不求几个"会怎样"，我们永远是糊涂虫，所有的随波逐流和平庸无奇，都是因为我们的粗糙和疏懒。

我们的疏懒，往往遗传给孩子：对于一个 3 岁孩子提出的问题，我们讲不清道不明，往往随便糊弄过去；一个 12 岁的孩子跟我们辩论，我们不去和他辨析事理和逻辑，而是粗暴地强行打压让他闭嘴……结果是，我们的社会，处处都是难得糊涂——每一个人都不愿意花功夫费精神去追根究底。

难得糊涂的结果是，我们的人文传统会越来越缺少科学的探究追索，也会逐渐丧失人文的真理坚持。

四

这世界上有许多人终其一生，在研究某个细小的问题，比如一片雪花有多美。

我经常为一些情景而着迷：

欧美的科学家试图从梵蒂冈保存的耶稣裹尸布上提取血迹，克隆一个耶稣出来（这可能是一个科幻小说的情节）。

几个生物学家用了一辈子去研究鸟巢（有些鸟显得比人类聪明多了，它们营造小窝的"科技水平"远远超过我们人类）。

一个古印度王子放下舒服的日子不过，执意走出王宫，于是他看到了世间许多人在受难，有人因为世道不公，有人因为疾病和灾难，他想解救全人类（解救全人类可能是个梦想，但所有的宗教都试图做这件事）。

某个人博览群书，穷究事理，他只是个书呆子，却是个幻想家，他把一堆终极问题摆在面前，这些问题耗尽了他的一生，死后他被人称为哲学家（但是他想的那些问题，既不能解决吃饭问题，也不能解决住房问题）。

......

想到这些，我相信了：一片雪花，可能真的藏着很多秘密——值得有人用一生去探求。

杜甫的月亮

没见过这么乱的国家，没见过这么破的江山。

不幸的是让杜甫给遇上了。

每一个中秋，他都会望月；每一个月夜，他都会写诗。千年过去了，汉关只留汉砖，秦月犹照秦山；大唐风流成云烟，老杜留下好诗篇。

一枚柔情的月亮：

今夜鄜州月，闺中只独看。

遥怜小儿女，未解忆长安。

香雾云鬟湿，清辉玉臂寒。

何时倚虚幌，双照泪痕干。（《月夜》）

生逢乱世，人间漂泊。离人在外，家人在远——唯有一轮明月，照我家园。彼此可举头望明月：月是那一双互相对望的眼眸，带来关切，带来念想；月也是一双可以抚摸彼此肌肤的手，带来温暖，带来慰藉。

生在和平的年代，亲人不分离，家园不破碎——有情人可以花前月下，卿卿我我，亲人可以团聚月下，共赏天上圆月。

一枚关怀的月亮：

> 戍鼓断人行，边秋一雁声。
> 露从今夜白，月是故乡明。
> 有弟皆分散，无家问死生。
> 寄书长不达，况乃未休兵。（《月夜忆舍弟》）

故乡依然月明，他乡亲人无音讯，分离的是亲人，破碎的是家园。千年之后，那些狂想战争的人，可否读读老杜的诗？有弟皆分散，无家问死生——未经乱世，谁能体会这些句子的痛！当你战死在他乡，却没有人在故乡给你烧一张纸，因为家也没有了。

美丽的大唐江山，在老杜时代，成了一个大校场——各路军马你来我往，骑兵与步兵，吐蕃与回纥，军阀与盗匪……在这场杀人游戏中，砍头不过是碗大的疤，死了也只能留下野狗啃不动的骨头。

遭殃的是老百姓，苍天无德，以万物为刍狗。人命不如草芥，生死只在转眼间。老杜的诗是泣血的长吟，悲悯的泪凝。

一枚悲悯的月亮：

> 鸱鸟鸣黄桑，野鼠拱乱穴。
> 夜深经战场，寒月照白骨。
> 潼关百万师，往者散何卒。
> 遂令半秦民，残害为异物。（《北征》节选）

我读过的那些描写战争的作品，没有哪个能像杜甫的诗，让我感觉触目惊心：我眼前会幻出一个恐怖大片的场景——

整个天空都布满了死神巨大而苍白的脸，就像一轮放大千万倍的月亮，寒冷深入骨髓，照彻遍地白骨。百万士兵的血肉已经化为泥土，关中一半人民，成了孤魂。那些饥饿的老鼠在田野上奔窜，不祥的猫头鹰则在树林里恐怖地尖叫……

凡是战争狂人，都当人命是草芥；凡是暴戾的统治者，都视人民为畜牲。唯有诗人，用一双湿润的眼睛，在为生命而悲戚，为死亡而哭泣。

一枚苍凉的月亮：

> 细草微风岸，危樯独夜舟。
> 星垂平野阔，月涌大江流。
> 名岂文章著，官因老病休。
> 飘飘何所似，天地一沙鸥。（《旅夜书怀》）

越过千年时光，一切都如同云烟。漂泊江湖一沙鸥，看惯了人间的冷落与寒凉。老杜眼中万古江山，天上的星月照耀亿万斯年，人间草木生生不息，不图文章的虚名，更何须问富贵的那些过眼云烟？

五十岁之后，孔夫子愿意枕着胳膊，望着天空，喝着白水，吃着粗茶淡饭，他说：不义而富且贵，于我如浮云！老杜漂泊江湖，如同一沙鸥——所谓白发渔樵江渚上，看惯了秋月春风。洗去铅华剩残句，唯有老杜诗。

一个诗人不幸而生在乱世。别人饮酒作乐，他独漂泊长吟。别人玩弄词句，他以泪和墨。别人看惯了花朵上绚丽的月色，他眼前尽是刀锋上寒冷的月光。

一个诗人幸而生在乱世。别人榨干了词汇的血肉，他创造了语言的筋骨。别人可以做着春秋大梦，写一篇盛世欢歌；他必须面对破碎山河，唱一腔悲凉曲调。

他也曾朝叩富儿门，暮随肥马尘。但不同的是，那些轻浮的诗人在权贵家宴上书写虚浮的词句，歌颂奢华的艳丽；他却在权贵的院墙外看到朱门酒肉臭，路有冻死骨。

唯有月是清澈的，照彻世间万千人，无论你是贫贱还是富贵。也唯有月是淡然的，看够了世间凉薄，无论你是轻薄的浪子，还是悲悯的诗人。

无边落木萧萧下，不尽长江滚滚来——千载之月，照亮着江山与家园，轻浮的诗人在玩弄辞藻，悲悯的老杜在泣血和歌。

时空幻化为万里江天，秋月洗净了一纸诗痕。

青山夕阳

一

晚春时节，我去爬附近的一座小山。山上的色彩已经十分浓郁。树木新叶逐渐长大，嫩绿可爱，生机勃发。各种刺藤棘丛里闪烁着一朵一朵的鲜艳花朵，散发着迷人的芳香；蜜蜂在花朵间忙碌，嘤嘤嗡嗡如同孩童合唱。小径隐藏在野草中，去年的落叶被今年的青绿红紫淹没了。树上的花絮垂落下来，拂着我的头发；路边的刺蔓伸出嫩枝，牵着我的衣襟。我只是这片青山的闯入者，但它们当我是熟悉的来客。

我坐在山梁上的一块草地上大口喘息。山下是密密麻麻的村落，细如线描的大路小路，村落间闪光的水塘——这是人居之地，我自己大部分时间也身处其中。

只有登上一座山顶，俯瞰你所在的地方，你才能感受到这种空阔与渺小，这种拥挤与细密，这种陷入与超脱。

这是人生的一种空间感：我们每一个人都生活在一小块地方，每天在几公里范围内行走，大部分时间在几十平方米的地盘上忙碌，每晚睡在一张几平方米的床上……其他人也都跟我们差不多。

我想上帝看我们的感觉，大概跟我们看蚂蚁差不多——密密麻麻，像是绣在这颗星球上，忙碌不休，一辈子也没走出几米远。

这种人生的空间感，不是让我们悲哀，而是给我们警示：纵然我们占有几千座山几万块地，纵然我们当了帝王，我们死后也不过占有一小块地方，那地方被称为"皇陵"——如果遇到后世的恶徒，把这个陵墓挖掉，把帝王的尸骨扬灰，在陵墓上盖上另一座宫殿，那么帝王最后其实什么也没有了，就如同一只死掉的蚁后，充其量是一抹灰尘。

二

除空间感之外，还让人有了时间感。

就好比此刻，我坐在这座小山顶上，看着下边无数细线般的道路，上边行走着各色人等……

往前推三百年，这些路可能只是小一些、弯曲一些，上边依然也走动着各色人等——无论是帝王还是乞丐，无论是游方和尚还是江湖郎中……他们就像一个戏台上的过客，跑了一次龙套之后，永远再没有任何观众记得他们。

这个戏台上的主角和配角，永远都在不断变化，到最后，留下的是一座空空的舞台——所谓铁打的戏台，流水的龙套。

我躺在草地上遐想，阳光温暖地照在我的身上，让我更像一棵草，得到了上帝的眷顾，活得舒适自在。蜜蜂和蝴蝶友好地在我面前飞舞，雀鸟像顽皮的孩子从身边飞过，一棵草像是遇到了玩伴，把它柔嫩的叶子伸到了我的脸上。

空间感和时间感，就是历史感。我们为什么要知道历史？因为我们想知道我们是谁，我们从哪里来，要到哪里去——我们当然也可以不必知道这些，不去想这些，但如果偶尔想起了，也是一件幸事。生而为人，这是我们的权力——

这叫作思想的权力。

有人说，人是一棵会思想的草。

没错，这棵草可能低贱，但它思考的时候，它就有了热爱、痛恨、憎恶、怜悯、拒绝、鄙弃等权力。这棵草，就是一棵站立的草——虽然它可能只能活一个春秋。

三

夏天里，我喜欢沿着一条河漫步，或者干脆坐在河边，看河岸上吃草的羊儿，看风在河面上画出涟漪，看对面青山的影子映在河水中。

这时候我看到春天里我爬过的那座小山：雨后的日子，它也顶着一团云雾，让人感觉到几分神秘。这座小山并不高，在

夏季，它也被各种植物覆盖，像一座有故事的山。它的故事就是我所能感受到的故事——就像一个写书人，它经历了无数年华风雨，记住了无数世事人事，每一个故事讲出来都可能惊天动地。

傍晚时分，斜晖照在山顶，那里披着一片霞彩：就如同至高至大的宇宙奖励给它的桂冠，神奇而美丽，色彩奢华。

这夕阳，这青山，让我感慨不已。

看夕阳，让我们感觉到时间的进程。每一天，太阳朝升暮落，完成一个轮回，我们的生命就少了一天。因此夕阳让我们不舍：光阴如流水，昼夜永轮回——在这无声无息中，每一个人都在生命的舞台上跑了一趟龙套。

这青山，却让我感受到空间的宽阔。冬去春来，野草长了一茬又一茬，青山绿了一回又一回。

如果我们看看青山，它仿佛是不老的，让我们羡慕且感慨——因为人生易老，徒然生悲。

在亘古流转中，青山夕阳，相对无言——就仿佛两个最好的见证。

它们见证了暴君的覆灭，也见证了英雄的血气。

它们记住了良善与暴虐，记住了君子与小人，记住了崇高与邪恶。

它们抹掉了那些写满虚浮颂词的墓碑，因为那不值一提，最后不过是笑话。

青山是草树的家园，夕阳是万物的看护者。青山是生命的寄居地，夕阳是人世的见证者。

它们是公平的。

四

青山依旧在，几度夕阳红。

《三国演义》用一首诗词做了开卷诗，使这两句诗广为人知。

我们小时候初识字看小说，只顾着追究故事的来龙去脉、开头结尾，往往忘记了小说写的是人事，人事必然发生于人世，人世则随着社会变迁而起伏跌宕……这样想来，才能理解为什么写历史的大师司马迁，他的扛鼎之作《史记》会被后人赞为"史家之绝唱，无韵之离骚"。

所谓兴衰成败，乃包含了无数小人物大人物的悲欢际遇；无数个体的生死离合，则伴随着时势与世情的凄风冷雨。

当我坐在一条河流边，用崇敬的目光看眼前的青山夕阳，我懂得了这世界上最大的历史和哲学——这是人的历史，也是万物的历史；这是社会的哲学，也是自然的哲学。

有青山夕阳的呵护和照料，我们可以试着做一棵思考的草。

山野的秘密

一

我第一次知道约翰·巴勒斯的大名，是在网上胡乱搜书看。很幸运，我搜到了他的代表作《清新的野外》的电子版，才读了一两章，我就沉溺进去了。

如果没看过巴勒斯的作品，可能是一种遗憾。

一个人在西部生活了 25 年后，回到他在东部的出生地，他说他最渴望看到的故园之物就是泉水。世事倥偬，许许多多的人与事都不再熟稔，但他至少会发现故里的泉水跟从前一样，没有什么改变，只要他在泉水旁小站片刻，仿佛就回到了少年时代。他可能不会去注视他父母的面庞，而是去注视泉水——那泉水曾经映照过他父母和他自己的面庞，因此，他会很天真地把自己脸上的笑容想象成老人的笑容。在这里，在这片泉水稀少的乡间土地上，他曾经为自己的未来抓阄。我深信，他离开故园后，那流经乡间老宅门廊前的泉水白白带走了许多时光，如今，泉水赐予他的幻想和记忆唤醒了他内心中最初的全部热望和此刻的一丝悔意。

他还记得那条小径吗？就是那通向泉水的小径——确实，所有小路中，泉水小径最能引人联想。

当他在那里散步，他似乎知道这条小径的尽头有某种好运在等待他。

（约翰·巴勒斯《清新的野外》）

这是巴勒斯：他只用寥寥的几百字，就把我们拉回到乡野，到我们的故园，到我们魂牵梦萦的那一片净土。

这就好比我们和一位心仪的人见面，没说几句话，听觉、眼神，甚至空气，都带上了对方的气息：他让你安静坐下来，体会这一刻的安然与平静。

他的魅力在于，他掌握了太多的秘密：这是山野的秘密，就像我们心中一汪水嫩嫩的念想。

二

我喜欢山野。

这跟性格有关：我喜欢安静而不爱热闹，我喜欢自由而不

愿意被裹挟，我享受孤独漫步着的沉思，而不在乎热热闹闹的
探讨。我大概是个腼腆而安静的人。

这也跟出身有关：在我童年和少年时代，我经历更多的是
一个人在山林里走路，去坡地上干活儿，在乡间小路上赶路；
成年以后，我也是一个人赶火车去上大学，一个人背着背包去
旅游或者踏访。我大概是个孤独而闲散的人。

腼腆而安静的人，就如同陶渊明笔下的五柳先生：

> 闲静少言，不慕荣利。好读书，不求甚解；每有会
> 意，便欣然忘食。性嗜酒，家贫不能常得。亲旧知其如
> 此，或置酒而招之。造饮辄尽，期在必醉；既醉而退，曾
> 不吝情去留。环堵萧然，不蔽风日，短褐穿结，箪瓢屡
> 空，晏如也。

所以生活得单纯而简单，甚至连亲人也跟着受累，他们不
知道在我这儿，有什么奢华和富裕可言；甚至连爱人朋友也跟
着无聊，我像一个地道的乡下人一样，讷于言辞，很呆傻
无趣。

刘禹锡的《陋室铭》有四句：

> 斯是陋室，惟吾德馨。苔痕上阶绿，草色入帘青。

我不敢用前两句，但喜欢后两句——因为前两句太具有道

德评价，而后两句就特别入我心。

入我心者，自然也。

沈从文大师曾经把自己叫作"乡下人"，我特别喜欢，想来想去，年少时代我怕别人把自己当乡下人看，现在，我很喜欢当个"乡下人"——能与乡野为邻，能自由行走在山林，这已经是我的一个挥之不去的念想了。

乡野有太多的秘密：也许无关自然，而关乎心灵。

<h1 style="text-align:center">三</h1>

我后来到处翻阅约翰·巴勒斯的个人传记，知道了这个人很多故事。

1869 年，他接受了一份牧羊人的工作，他和别的牧羊人一起，赶着羊群，在山里住了大半年放牧季。牧羊人的工作可不浪漫，山中气候多变，食物几周才送一次，吃穿住都近乎野人……巴勒斯把这经历当成了素描大自然的课堂，当成了欣赏山野的机会，当成了回归自然的一次洗礼。在他笔下，山中的惊雷暴雨，山泉和山洪，都变成了壮美的诗意；树林的繁荣，草地的青绿，百鸟啼啭，万壑风声，这自然的声色，胜过了人间无数曼妙。

到了放牧季结束时，他赶着羊群走出山间，一身破衣烂衫，一头乱发，一脸胡须，乡人惊呼见到了野人！

他热爱乡间的一切事物——那一眼清澈的泉水，那一只红

红的苹果，那一抹甜蜜的蜂蜜……有的是大自然的随意造化，有的是人人都需要的口福之享，有的是我们生命中不能缺少的滋味。

在巴勒斯的笔下，这些事物都充满了诗一般的韵味，也是上天赐予我们人类灵与肉的享受——如果你不懂得热爱，你不懂得珍惜，那你就是暴殄天物，也不配为人。

巴勒斯是一位观鸟专家。人们熟知法布尔的《昆虫记》，为了观察昆虫，了解昆虫的生涯，法布尔在乡村里养了很多虫，还跟着牧羊人到山里边观察一只屎壳郎（食粪虫）的一生。巴勒斯也写了很多有关鸟类的文字，他是一位把生物学变成了文学的作家，这一点他也不亚于法布尔。一个作家做了生物专家的事儿，但他并非为了把这变成科技，而是为了让生命回到本来状态，让我们尽情观赏生命的美妙——比如一只小鸟。

在美国的文学史上，19 世纪有两位大名鼎鼎的"约翰"——约翰·巴勒斯和约翰·缪尔。约翰·缪尔是一位旅行家，走遍了从阿拉斯加到加利福尼亚的山野湖海，把自然当成了自己人生的归宿，写下了许多精彩的作品——影响之大，乃至老罗斯福总统都邀请他一起到山间搭帐篷过周末，并且听从了他的建议，以国家的名义，在 1872 年设立了世界上第一个国家公园：黄石国家公园。

经由他们的孤独旅行、观察、踏访和书写，人们欣赏到文学中的自然，自然中的诗意，品味到我们普通人身边的种种大自然奇妙，也领略到人迹罕至的山野美景。

我对这样的一些人着迷不已。我可能缺少很多地理学、生物学知识，但我依然可以找回一颗属于自己的赤子之心：对于乡野，怀着永远的神秘感；对于乡野，有着少年人的痴迷。

四

我喜欢徒步走山野。

这是我少年时代养成的爱好：一个人走在树林中，听到小动物跑动的声音；一个人走在林间小路，听到身边树枝上鸟雀飞动的声响；一个人坐在松林边，听到阵阵松涛；一个人在河边赤足踏水漫步，一个人在山间孤独行走……这些事既非所谓"运动"，也非所谓"体验"，纯属个人私趣，甚至无法与人分享。

我喜欢站在窗边，看麻雀们飞来吃食；喜欢看到一只金龟子，慌乱地落在我书房的窗台上；甚至喜欢一只飞错了地盘的步甲虫，它落在我翻开的书页上，茫然不知归路……它们是乡野的神秘来客，让我感觉到大自然的轻声呼唤。

我也喜欢在书桌上养一点儿粗陋的花草，就好比回到乡村，遇到一个大手大脚的村姑，她让我感觉很亲切。

因为怀着乡野的这份秘密，我觉得生活充满了趣味，因此也就并不在意如此简单而粗陋的生活。

一位我没见过面的女士，热爱诗歌与自然，她读了我的公众号，知道了约翰·巴勒斯，于是去网上旧书店找，欣喜地告诉我：丁老师，我买了两本《清新的野外》，听说你手头没有，我给你买了一本。

过了几天，我收到了这本书——我曾经打印过这本书，读过很多次。现在我抚摸着这本书，就好像约翰·巴勒斯把乡野的秘密，通过一位蕙质兰心的女士的手，转交给了我。

<h1 style="text-align:center">五</h1>

每次走到山野，我都会有一种仪式感，就像古老时代的一个部落巫师。

我会庄重肃立，倾听来自四面八方的声响，就好像神在向我传达乡野的旨意。

我会深呼吸，就好像要领受大自然神授的灵气。

我会跪拜一棵高大古老的大树，就好像见到一位千年老神仙。

一个晴朗的初夏，在海拔 1500 米的高山草甸上，我突然发现了一眼小泉，惊呼之下，大家都围过来。这是一眼活泉，泉底下在冒泡，一缕缕的清泉从沙底下冒出来，在阳光下形成了一个个的小漩涡。

等大家都欣赏完了，都走了，我一个人趴在泉边，捧起一掬水洗眼睛。这是我少年时代从某位乡村妇女那里学来的。

果然，洗过之后，我顿时感觉眼亮心明——在世间我遭遇的那些龌龊肮脏、晦暗纷乱，都不复存在；我心中堆积的那些烦扰和生活中的浮泛，都一扫而尽。

这泉水，就如同大自然的神水——它顿时让我目明神清啊！

这份山野的秘密，我悄悄保留着，就如同偷得了"约翰·巴勒斯"们的秘籍。

我与乡野

一

　　好些年前，我居住的小区不远处就是城郊。每天清晨我出去跑步，穿过街区和楼群，向着浅绿深绿处跑，最后我在一家农户门口停下来。他们家的篱笆上，爬满了带露的丝瓜藤，像盘丝洞里跑出来的小妖精，在篱笆上妖娆地舞蹈。

　　一朵小小的黄花，在清晨盛开，像是乡野明媚的笑靥。

　　街道上的灰尘气息，火锅店的牛油味儿，汽车散发的柴油味儿、汽油味儿……这一切都被乡野清理。

　　刹那间我嗅到了丝瓜和黄瓜那略带一丝苦涩的气息，水稻和青草那清甜的气息，路边一棵小桃树散发出来的青涩果味儿……

　　我多么迷恋这乡野的气息！像是从我自己身上散发出来的，单纯而朴素，清新而散淡。我把自己当作众多草木中的一员，就好像回到乡野的陶渊明，他无数次写到自己和乡野的亲密接触：

道狭草木长，夕露沾我衣——当一个人所走的路，和他的田园与草木融为一体，也就等于与大地与自然融为一体，当然也就无所谓路宽路窄了。

种豆南山下，草盛豆苗稀——我特别喜欢这个不称职的农夫，他显得笨拙而又有几分可爱，因为他把野草和豆苗都当成了自己的庄稼。

诗人可能未必是称职的农夫，但诗人可能比农夫更热爱土地和自然，因此即便做了饿肚子的农夫，他也十分满足，就好像万物都可以用来填饱他饥饿的胃腹。

二

我清晨跑步的习惯，在某一天突然中止了：那天清晨，我照例止步在从前的农家院子门口，一台巨大的挖掘机停在那里，农家的篱笆已经被铲掉了一半。城市扩张的速度远比我更快，它迅速地赶在了我的前边，占据了我清晨的领地。

我继续朝前跑，一路上来往不断的渣土车和大铲车扬起的尘土，把我淹没了，那些青绿浅绿的稻田和山坡，退向了更远的地方。

在回家的路上，一辆装满菜的三轮车跑到人行道上，狠狠地撞击了我一下，虽然我快速躲闪，还是被撞得胸膛生疼。

卖菜的农夫并没有对我道歉，趁着秋日的晨雾，他快速地逃走了。

这个让我感觉亲切的农夫，给我上了一课：我不但失去了田园，也失去了田园上那些淳朴的乡邻，他们正在变成市场上熟练的生意人、开渣土车的粗鲁的司机、与城市讨价还价的狡猾的小贩……

在杜甫笔下：那些朴实的父老，在战乱之后，提着浑浊的酒，来家里探望他，虽然家酿酒很糟糕，但他们如此亲切，不停地劝他多喝几杯，令他忍不住落泪，和他们一起举酒长歌。

在苏东坡的笔下：他喝高了酒，随意躺在山坡上的草地上，路过的农夫大声喊着他，笑话他，就像跟自己的邻居开玩笑，这让他感觉十分有趣且畅意。

陶渊明自知是个不像样子的农夫，种不好庄稼，于是有乡邻来帮忙，指导他如何种一块酿酒的糜子，好满足他对酒的贪念。

我不知不觉地失去了乡野。在街角，我看到一群农夫，他们悠闲地坐在三轮车上，挑剔地扫视我，看我像不像一个主顾。他们曾经是我的乡邻，但城市把他们圈进来，他们变成了和我一样的失去了乡野的乡巴佬。

我不得不中止了我清晨跑步的习惯，我得跑上二十公里，才能走出一座城市的迷宫。就像一群可怜的野狗，我们都在逐渐适应城市的生存环境。

三

但我依然怀想着我的乡野。

我想起了我第一次去山梁上的小学上学，爬上一面山坡，穿过一片树林——林中小路被两边的草木包围，穿过这些草木，草叶树枝在衣服上划出簌簌响声。在安静的树林中，这响声令人害怕。这时候，我突然发现前边路口站着一条大狗，它若有若无地看着我，让我胆战心惊。我停下脚步，听着自己的心跳。过了很久，大狗消失了，我惊魂未定，不敢继续走。后来我走到树林深处，一条盘在小路中间的大蛇吓坏了我，我一边紧紧盯着它，一边轻手轻脚地后退。我太小，还不知道它不过是一条十分友好的蛇，我们叫作菜花蛇。它是无毒的。但它可以长很大，在六岁的我眼中，就像一条巨蟒。我打算绕开它，找别的路走。后来它慢悠悠地展开身体，溜走了。

这是我第一次独自行走在山野，有惊无险，证明乡野对我是友好的。

后来每天穿行在这样的小路，它们渐渐变得亲切起来。我和翠绿金龟子、星天牛和独角仙成了朋友，可以把它们放在手掌中；我和橡子树成了朋友，随意采摘橡子，把它们变成玩具；板栗树成了我的姐姐，她总是给我香甜的果实；林中盛开的野鸢尾成了我的小情人，她悄悄地把一朵紫玉般水嫩的花送给我……

在我十几岁的时候我学会了写诗——

我为林中洁白的百合写了一首情诗，渴望得到她的青睐。

我给微雨中的野山樱写了一首诗，她天真烂漫的花朵，让我瞬间堕入了爱河。

我在山坡上给玉米地锄草，一瞬间我移情别恋，竟然爱上了这些粗手大脚的"村姑"，她们红艳艳的缨子，就像是让我眼神迷离的红纱巾。

但是这些"村姑"对我一点都不温柔：玉米叶子把我的胳膊划出了道道伤痕。我躺在玉米林中，睡着了，梦到了一个刁蛮的情人，她把我的胳膊都咬出了一道道牙印……

四

法布尔在乡下有座院子，他在乡村里搞了个实验室，养了很多虫子。这些虫子从虫卵变成毛虫，最后满屋子都是飞蝶爬虫，就像是一群闹哄哄的孩子。

约翰·巴勒斯和牧人一起进山，在山顶的草地上，他披着一块防寒的麻布片，沉醉在草叶的清香之中。他与一群食粪虫成了朋友，天天看它们收集羊粪牛粪，把这些玩意儿搬回家，变成宝宝的暖床和哺育室。一群虫子的生存智慧，让他惊叹不已，以至于舍不得离开山野……最后当他放牧季结束走出山野时，别人都把他当作了野人——衣衫褴褛草绳束身，长长的胡须遮住了黑瘦的面容。他十分享受这种生活，乃至于一生把乡野当成了家园。

这些人是如此热爱乡野，他们对着一棵树唱歌，为一只虫子命名，把自己浸泡在一潭山泉之中……最终他们意识到，这将是他们永远的故乡。

对于我来说，乡野就像一汪清泉：这是我少年时代的照影清水，也是我故园的山泉水，更是我人生不可或缺的源泉。

这眼清泉，是许许多多人共同的泉水：有那些粗糙的农夫和粗朴的村姑，有像陶渊明和梭罗一样的诗人，还有像法布尔和约翰·巴勒斯一样的热爱者……当然，最重要的，这眼泉也是众多生灵的干净家园。

五

我的一位固执的好朋友，他始终不能相信一个人可以安静地居住在乡野——任我说出这些史上最伟大的人物或者是世界上最渺小的生物，他都摇头。

我承认，他比我更实际——

乡野并不能提供给我们快速的行动，因为那里的路是要脚步去开拓的。

乡野也不能提供给我们美女和美酒，因为那里的一切都是粗朴而笨拙的。

乡野也不能给我们提供人世间更多的热闹，比如虚荣心的满足，比如权势的荣耀，比如金钱的魅力……

但我依然像一个固执的乡下人一样，相信一切的快乐，都可以从乡野获得：不管是播种还是收获，不管是行走还是驻足，不管是孤独漫步，还是放声高歌。

在不久后的未来，我们的一切都将由现代科技来创造：我们的街道两旁，长满了电子光束所幻化的树和花朵；我们家里的墙壁上，虚拟技术会给我们打开一扇可以看见花园和星星的窗；我们甚至能听到鸟叫和虫吟，它们从房间各个角落里隐藏的音箱中散发出来……

科技将满足我们的一切需求。虚拟的原因，是我们早已失去了真实——森林被砍伐殆尽，用来做了各种工业材料；天空被雾霾所吞噬，河流已经被汲取干涸，泥土被制成了砖块，石头变成了水泥……所有的虫和鸟，都将消失，它们由于来不及赶上人类进化的速度，终将成为消失的族群。

我在纸上书写的乡野，将成为一个古老的标本：它讲述我们曾经寄居过、热爱过、留恋过的那一切。

把山野还给我

一

　　一个夏日的清晨，我奋力踩着自行车的脚踏，穿过忙碌的城市街头，走向山野。

　　有一种莫名的愤懑，感觉被人夺去了很多，就像这个早晨我看到的：我妻子流着泪出门去，病魔刚刚夺去了她好朋友的年轻生命；我没戴口罩，街头扬起的灰尘和油烟，夺去了我舒畅呼吸的自由；一个男人在街头怒吼，小偷把他电瓶车的电池卸走了；一个开车的年轻人把车斜停在人行道口，他厚颜无耻地把大家的道路抢走了……

　　我知道，被夺走的还有很多：半夜三点钟的安静，被闹嚷嚷的酒鬼夺走了；穿过晨曦的鸟声，被呼啸而过的汽车夺走了；窗外的一方蓝天，被不断增加的脚手架夺走了；就连我散步的自由，也被一条条新横出来的建筑围栏给夺走了……

在你们赞美城市的时候，我突然发现，连我写诗的兴致都被夺走了。失去了那么多之后，我剩下的只有一点点——那绝对不是诗。

二

夺去了一个孩子的妈妈的，不光是病魔，还有几年的加班加点，月月日日的超负荷工作，和一些高大上的口号。她所经历的，也许每一个底层人都在经历，我经常重读我写下的一篇《妇科病房》，忍不住心颤，就像我文字的力量也被夺走了，只剩下无力的悲伤。有可能连周末你的手机上也会发来这样那样的工作信息，夺去你仅有的一点点闲散心情。

想到这些，我如同一只鸟，朝向青山深处飞行——鸟儿已经被夺走了大部分栖息之地，尽管这个族群繁衍能力十分强大，也在日益走向灭亡。世界上每天都有一些生物种群濒临灭绝，鸟类也不例外。但我有幸在某个水塘的边上，看到一群鸟的栖息乐园，虽然这地盘很小，随时都可能被剥夺，但它们此时此刻却在享受生命的快乐。

一只白鹭飞出树林，它的羽翼张开，在蓝天下画出一道白色的痕迹。一只苍鹭在水边沉思，它像是一个穿着麻衣的道长，已经入定。刚刚长出羽翼的鸟儿们，在枝头试飞，它们哇哇大叫，像一群快乐的孩子。

我在树下看着这些鸟儿：有四五只，像是举行仪式的宗教

徒，肃立枝头，轻垂头颅，对世界沉默。

它们的一切，也很容易被夺去。但至少现在，它们比我们幸福——我们已经被夺去很多了，它们却尽享生命的自在。

三

我在农历五月的清晨，行走在一条乡村道路上。路边的豆角爬上了竹竿，它们尖尖的梢头，带着晨曦的闪光——它们在向天空行礼，感谢有生命的自由。而我，一个毫不相干的人类，只能在被夺去一切之后，来此分享它们的快乐。

在这条小溪边，长满了高大的枫杨树，它们垂着鹅黄色的花絮，像是李清照闺房的门帘，帘子还没掀开，昨夜不消残酒，女诗人还在沉睡。但早起的丫鬟们已经忙碌不止，她们吵吵嚷嚷，在青枝绿叶之间跳舞——这群红嘴蓝鹊，像一群小丫头，她们少女般的衣装，欢乐的舞蹈，让我忘记了岁月对我们的伤害。

有一只斑鸠停歇在电线杆上，像一个孤独的诗人。最深情的歌手，在五月的秧田里散步，你看不见它的身影，却能听到它的歌唱：这是一只秧鸡的五月，它要把一只鸟该有的自由歌唱到底。

四

我停驻在一片野荷塘，幸运的是，它们还没被圈起来收门票，许许多多的门票早已夺去了我们看风景的自由。我得感谢有机会欣赏野地里还没有被剥夺的风景——野草和荷叶一起长高，草花和荷花一起含苞，在自然的平等规则下，它们受到上天同等的照顾。

荷叶铺展，让我的眼睛顿时清凉：这乡野的绿色，是洗眼的良药。我的眼睛，早已被伤害无数次，被夺去了童年的单纯，被夺去了少年的清亮，被夺去了青年的热情……现在，这片荷塘正在把一切还给我。

我就像是一个婴儿，被一朵红玉雕琢的荷花所吸引，我喜欢这绚丽的色彩，这是一个婴儿第一次享受大自然的赐予。我像是一个情窦初开的少年，在田田荷叶中，看到了一个穿着翠色裙装的姑娘。我回到了如诗的青春年华，风吹过处，点燃了歌唱的热情——每一朵花都要闪烁，那是生命的热情和自由的冲动。

我在年少的时代，朗诵过最简单的诗歌：生命诚可贵，爱情价更高，若为自由故，二者皆可抛。

这种热情，就算我在幼稚年龄，也能感受到；但这种生命的高度，人文精神的力度，却并非年少的我所能理解。如果你走进大自然，你一定能回味这些，带给你震撼和深思的，也许仅仅是一朵野花。

五

我，坐在一个野塘边，就像柳宗元来到了小石潭，就像梭罗来到了瓦尔登湖。我看到了穿越亘古时光的那一片清澈的水，从中照见了永恒。

那些失去的一切，瞬间被还回来，虽然仅仅是片刻。

我们已经被夺去太多太多，我们无力找回来，这一点我们甚至不如一棵野草，一只小鸟。

我像一个虔诚的信徒一样，膜拜这一切：一棵没有被拔去的野草，一条没有被打上水泥的小路，一段没有被写上标语的老墙，一群没有被圈养的鸟，一片没有被围起来的野塘……

我想在山野中大声朗诵的，是诗人严力的一首诗。是啊，我们的诗已经被夺走了，剩下的，都是过去的——

　　还给我
　　请还给我那扇没有装过锁的门
　　哪怕没有房间也请还给我

　　请还给我早晨叫醒我的那只雄鸡
　　哪怕已经被你吃掉了
　　也请把骨头还给我

　　请还给我半山坡上的那曲牧歌
　　哪怕已经被你录在了磁带上
　　也请把笛子还给我

请还给我

我与我兄弟姐妹们的关系

哪怕只有半年也请还给我

请还给我爱的空间

哪怕已经被你污染了

也请把环保的权利还给我

请还给我整个地球

哪怕已经被你分割成一千个国家

一亿个村庄

也请还给我

（严力《还给我》）

生\灵\同\天

满目春山 一树茶

一

每年清明节后，一场新雨过后，我父亲一定要去看看他的茶树。我们家的茶树是不怎么打理的，都长在野山坡上，东一簇西一簇的，野山坡上有怪石、荆棘和乱草，还有野长的桐子树。

茶树已经长出新叶，每个枝梢上都有三两片，鸟羽一般，娇嫩可爱。我父亲会拔除茶树周围的乱草，清理一下枝头上的老叶，稍微松一松树下的土。对于茶树，他并不多精心，只是即兴收拾一下，过上十天半月，这几片叶子长成了，看起来嫩绿丰满了，再去采摘下来制茶。

把家里炒菜的铁锅清洗几次，开始炒茶杀青，然后揉茶，我父亲像揉面一样，在一只簸箩里揉茶，刚炒蔫了的茶叶，揉成了丝丝缕缕，然后摊开来，放在屋外晾晒。

我很少研究这炒茶揉茶的工作，但我喜欢喝茶。大概我很羡慕我父亲享受自己的劳动成果，那就是惬意地泡上一搪瓷缸茶，点上一锅旱烟，喝上几口，抽上几口——不管是在山坡上犁地休息的片刻，还是在晚上坐在火塘边闲话的时刻。对他来说，喝着自己做的茶，抽着自己种的旱烟，是人生的一大享受。

二

最好的春茶，晾晒干了在簸箩里装着，一条条的茶叶互相纠结，像一团乱丝，细看来又是一叶一芽缕缕可辨。总共也就不到七八斤，一般会拿到集市上去卖。卖得几块钱，可以买油盐酱醋肥料农具。

最好的茶我父亲也会留上一点，用来送给城里的亲戚。我上学时，去城里我姨家，都会带上一包茶，我姨和姨父他们都很喜欢喝茶，这份来自山乡的口味儿——我们算是生在茶乡，茶是自己家里的出产，也是一份亲人共享的滋味儿。

对我来说，茶也已经不是礼品，而是代表了一份温暖的亲情。我在县城上了三年高中，经常周末去我姨家吃饭，虽然有一大堆表哥表姐表妹，但我姨全家都把我当自家人疼爱。对我父亲母亲来说，没有什么能比这包茶更能表达一份亲人间的情感了，就好比血脉相连、气息相通，已经不可分割。

三

大概从小喝自家的茶，我对绿茶有一种天生的亲爱。以后无论走到哪儿，我都会品一品当地产的绿茶。

有一位性格温纯的杭州姑娘，她每年自己做了明前龙井，经常在清明前准时寄给我尝。我打开封装，眼前的一片片都带着早春的气息。我喜欢在一只白瓷小盖碗中泡这种茶喝，水温不到90度，泡出来翠色宛然，然后看叶片在水中绽开，就如同打开了一座春天的茶园。

有一次我送给一位山东的朋友我老家的茶，并顺口说，我老家汉中西乡，是中国茶叶最北生长线。他也顺口说，别忘了，还有我老家日照哦。我知道日照产茶，显然，我顺嘴说出的这个话不够准确。

然后他给我泡上一杯日照产的绿茶。我捧着杯子闻着茶香，心想，茶这个东西，还真不能说哪儿好哪儿不好，比如我，就喜欢我老家的茶，虽然它远没有西湖龙井名气大，没有山东日照纬度更北。所以茶，真是自带了家乡味儿，就好比吃惯了面包的娃，长大了也未必喜欢馒头；吃惯了饺子的娃，长大了还是觉得饺子比汉堡更可口。

在北京王府井熙熙攘攘的人潮中，我和几个朋友逛街，走得身热口渴，他们准备去买瓶冰冻可乐解渴。我突然看见一家茶庄，带他们走进去，茶庄里一位穿着清爽的姑娘满脸笑意招呼我们，我们就在她的茶台边坐下。她给我们泡碧螺春，玻璃杯子里春茶舒展开来，三两片小叶，带着嫩绿鹅黄，也带着早春的清香。

我喝着这茶，顿时满口余香，忘却了门外的喧嚷——就仿佛回到了我小时候的山野，满眼是山野的清鲜。

我有时候就想：与其说我在喝茶，还不如说是我心里装着一掬山野的清泉，等着这几叶春天的新叶。

四

我父亲大概喝不到最好的那些茶，他喝的是挑出来的，那些不整齐的、揉碎了的。可能到采第二轮第三轮茶，他才会留一些给自家喝。

采茶到第三轮以后，基本上都是粗枝大叶了——我们村里的老人们喝这种茶。他们经常泡一大缸，煨在火塘边，一遍又一遍，最后茶水又黑又稠，味道儿又苦又涩。

这种茶我可能一口都喝不下去，我父亲也很少喝这种茶。他告诉我，集市上卖假茶的这么搞，他们会把马桑树的嫩叶、柳树的嫩叶，甚至破草帽的碎片混在茶叶里边，这些东西和茶叶一起这样泡这样熬，最后也是分辨不出来味道的。所以他喝茶，在泡第一遍时尝一口，就能准确分辨出茶的真假和品质。

我对绿茶的很多知识，是小时候从我父亲的经验里知道的：第一轮采茶，摘下来的是三两片，大小合适，叶色鲜净整齐；春茶的香，自带栗子香；太早的茶太嫩，喝起来没口感，太晚的茶喝起来只有苦涩，缺少清香；泡茶水要开，但不能滚开……

茶不能煮，但煮茶喝可以治病。夏枯草，冬桑叶，甚至焦锅巴，都可以混在茶里边煮了喝，但这不是喝茶，是治病的，受凉感冒了、肚子疼，这些小病小痛的，经常不吃药，就这样把茶和草药一起煮了喝。

五

我女儿问我要零花钱，我说要钱干吗呢？女儿说，买奶茶。

我瞪她：你能不能喝点儿绿茶，奶茶不是茶。

女儿说：奶茶就是我续命的啊，这你也限制！

我笑：既然是续命的，那我不敢限制——我突然想，这绿茶，大概也是我续命的吧。

我知道对于我女儿这一代人来说，她们没见过山坡上野生野长的茶树，没见过茶树梢头三两片鸟羽似的春叶，她们没见过采茶炒茶揉茶，她们没经历过带上一包自家的茶去拜见长辈……她们的人生中，没有了我们有过的记忆。

而我端着这只小盖碗，看着清水中的几叶鲜嫩，就想起了我父亲的茶树，顿觉满眼都是春山。

一棵草的神迹

一

大概在八年前，我买了一张新书桌，这刚刚放得下我的电脑和打印机，剩下的空间就很促狭了。为了节省空间，我把键盘鼠标换成了无线的，这样的话如果我想趴在桌上看看纸质书或者在笔记本上记点东西，可以把键盘鼠标推到显示器下边。

书桌右边剩下一点点空间，可以放一只花瓶或者一摞书，我想了想，还是舍弃了书，决定放一只花瓶。

找一只适合的花瓶和适合它的花草，都不是我擅长的。我是个粗糙的人，养花种草从来都是粗枝大叶，也从来不挑剔用什么样的瓶插、用什么样的盆养。

某个春天的清晨，我站在窗边，突然发现窗台上一盆绿植下边，冒出了一根小指头大的嫩枝：只有一片叶子，但是青翠可爱，就像一个偷偷玩耍的孩子，仿佛正用他顽皮的眼神看着我。我扒开土，轻轻把这根小芽拔出来：它是一棵新生出来的草。

这盆绿植学名叫作滴水观音，它大概是芋类植物的近亲——叶子和芋头叶很相近，我见过它开花，花和叶子的造型又与花烛很相似，后来查一查植物资料，发现它们竟然都是一科的植物。

当然我喜欢滴水观音，仅仅是因为它的枝叶都很翠绿，像碧玉一般，想象每天与一棵生动鲜活的绿色植物为友，同座品茶，同桌读书，甚至可能在夜晚同梦——那也是很愉悦的。

二

蜗居在一座拥挤的城市里，我的书房已经被压缩得很小了：几架书把房子缩小了一圈，加上窗边的茶桌，桌前的靠椅……这间十几平米的小房子里，留给我的自由空间很小，但这一切也都充满了人造物的死气沉沉，给人带来的压抑感十分强烈——我很需要一些绿色植物。

绿色植物的好处是它是鲜活的，仿佛随时都在生长拔节。它延展了我想象的空间，就好像此刻我正坐在荒野，与一棵野草对视：野草的天地何其之大啊，就如同禅语所言，"一花一世界"，作为一棵草，它们比我们生活得更宽敞、更自由、更疏野。

我把这棵小小的、袖珍的植物捧在手上，它娇嫩弱小，就像一个婴儿，只有一片叶子；但它又生机勃勃，叶片上的碧色水嫩，仿佛刚刚凝聚的娇嫩欲滴的绿色水珠，带着几分张力，在晨光中似乎要溢出来。它真是自带光芒啊！

最后我决定就是它了。刚好有一只青瓷笔筒，我装进土，把这棵袖珍植物栽在里边。据说滴水观音这种植物它的汁液是有毒的，所以一般人都不会栽植它，更不会放在茶桌、书桌上。但我想的是，在我们周围，每天都有无数的带毒的空气、含有过多毒素的食物菜蔬粮油，这棵小小的植物又能有多大的毒性呢，或许我们自己身上的毒，早已成百千倍超过它了吧，为什么还害怕它的毒呢？

三

过了两个月，它的根部又生出了一片小叶。我戏称它为"二叶草"。

大叶不到小孩巴掌大，小叶呢，干脆就像一个大拇指。我经常把键盘鼠标推到一边，仔细看它在灯下的样子：很乖，很安静，很美。它仿佛接受一切光，并且用植物强烈的内力，把这些光吸纳融汇进自己的身体，然后为自己的叶片增加了新绿——这是一种怎样的神力啊！它仅仅是一棵草，生在一只狭窄、简陋、只能吸收水分的花瓶里；只有一点点的土，日复一日，我甚至没有给土里边增加肥料。

以我养花种草的经验，这草能活上一年就不错了。我估计第二年它就会因为缺少营养、光照和细心的呵护，最后干枯发黄，慢慢瘦弱下去，直到死掉。其实大部分长在花盆里的草，最后无非就是这个命运。作为一棵草，它失去了自己生长的大地，憋屈地栖居在城市里高楼上的一只简陋的人造花盆里，本身就是命运的乖戾对它的不公。

第二年初夏，这棵草奇迹般地长出了第三片叶子。我叫它"三叶草"。

被拘禁在一间书房里的一张书桌上，占了小小的一角，我本来记着把它端出去放在阳台上沾点阳光雨露，但我经常忙忘了！就这样，在书桌小小的一角，白天它朝着窗户的光，晚上它对着旁边台灯的光。

令我惊讶的是，我如此粗暴地对待它，似乎并没有伤害它生长的积极性。它甚至自己能够感知到季节的变化：这片新叶不是在秋天冬天长出来，而是适时地在初夏悄悄生出来。

四

第三年，第四年，第五年，它一直都是"三叶草"——它每一年长出一片新叶，同时最大的叶子会变黄，这枝茎叶慢慢萎软下来，最后完全枯死。我把这干枯的茎叶团成一团，按进土里边，不久之后，这枯死的茎叶都看不见了，似乎和泥土融为一体了。

保持三片叶子的绿植，成为我书桌上的亲密同伴。我每天

会看它无数次，但尽量不去碰触它。我为它拍过照，浇过水，很长时间才会擦拭一下它的三片永远都是翠色的叶子。三片叶子像三个同胞的孩子，一个比一个小——它们多么静美，配着这只青瓷笔筒，像是一幅立体的静物画。

第六年，第七年，它变成了"四叶草"。以往每长出一片小叶子，就有一片老叶死去。但这一次，它连续长出了两片小叶子，却只有一片老叶死去。

我很惊异这棵植物的耐心。很多年，我趴在书桌上敲打键盘，像是一只勤劳采集的虫子，写了无数的文字，也废弃了无数的文字。比起这棵小草来说，我其实很失败：因为有时候我会很萎靡，不能保持一份坚韧的耐心，有时候我会无名火涌出心头，有时候我会颓然靠在椅背上，怀疑自己是否能保持一份充溢的激情。

但这棵草却让我惊讶，它仿佛保持了永恒的、坚毅的、来自大自然的神秘力量——让一棵草永葆一份鲜绿，无论春夏秋冬，无论屋里被我吸烟搞得多么乌烟瘴气……这棵草像大自然水汪汪的眼睛，拥有圣洁的、纯美的、灵性的眼眸。

今年的初夏，这棵草继续显示神迹：它成功地死掉一片老叶，又长出两片新叶——它变成了"五叶草"。

整整八年，只有一片小叶子的草，长成了五片叶子。

这仿佛生命的魔术，我知道这是神奇的，当然很多时候我粗心大意忽视了它的神奇——就像我们经常忽视了我们自身可以有的神性。

　　由于我们经常遭遇到人间的邪恶、肮脏、自私、粗暴和野蛮，我们往往对神性和人性都变得十分麻木，很多时候，我们忘记了，我们也可以拥有一份天然、纯洁、灵动和坚强。

两棵大树的世间风云

一

　　早春时节，路过一条经常走的小巷子，忽然间眼前一亮，原来那棵老梨树开花了。我不知看了多少回了，每一次见它开花，都感觉一种蓦然而来的惊奇；每一次看到它开花，都是一种灿烂明媚的喜悦。于是岁月沧桑之感，也就在这种年复一年的惊奇与喜悦中，累积起来。

　　我很羡慕这家人，在这日渐拥挤的城市里，还能够拥有这么一个古朴的小院子，还能守着这么一棵繁花盛开的老梨树。

　　与此相呼应的，是这家院子外边的一棵合抱粗的法国梧桐，也大概有三十多岁了吧，树皮翻卷，枝干粗犷，树梢像一团巨大的云朵——虽然还只是一棵青年的树，却有了一种苍然矍铄的老态。我大概有几千个日子从这棵梧桐下经过，眼看它越长越大，春日嫩叶繁生，夏日一地绿荫，深秋慢慢开始染

179

黄，冬日落下一地漫卷的叶子。

和一棵大树比起来，人既短暂又渺小，但能够日日里与这么一棵大树见上一两回，你会觉悟到世间所有的功利与私欲，得意或者不快，都不过是过眼云烟，轻得不如落在树冠上的一缕灰尘。

有时候我想，它就像个老神仙，看惯了世间风雨，鹤发苍颜，目光平静如水，如果经常和它聊聊天，甚至经常在它身边待上几分钟，都会让你高了几分境界，少了几分轻狂，还多了几分豁达淡然。古代有个故事：某个砍柴的人，进山看到两个老人在山石边下棋，于是看入迷了，回来时，他的斧头柄都烂了，原来山中一日，世上百年——他浑然不觉自己避开了人世的这许多年的苦难与惨烈。

二

我小时候屋后的山梁上，长着一棵巨大的青冈树，这树不知道有几百几千年了，远远在十几二十里之外的高山上，都能看到它。它成了一个路标，仿佛岁月的一个惊叹号，提醒你世间风雨，它都见过。

我们小时候把这树当乐园。它的树根盘曲裸露在树下的空地上，与山石盘卷纠结在一起，最小的树根上也能坐两个小孩。树底下一堆巨大的山石，上边可以坐十几个人。树干靠地面的部分，中间已经空了，里边足以摆一桌小小的酒席。

我很奇怪，青冈树也能长这么大，莫非它真成了神了？

青冈树是一种很好的烧柴，它是怎么躲过一代代砍柴人锋利的斧头的？它又怎样隐伏在山林中，长成了让人敬畏的老树？到我小时候，它已经成了凛然不可侵犯的神仙了，关于它有很多神奇的传说，每一个传说，都是一个关于它的禁忌，没人敢再打它的主意，因为怕受到天谴。

庄子和自己的弟子们曾经有一个有用无用的争论。他们在山里遇到伐木人，伐木人砍倒了一棵大树，留下了另一棵大树。他们好奇地问伐木人：为什么要砍那棵留这棵？伐木人回答：砍那棵是因为它是有用之材，留下这棵，因为这是臭椿树，是最无用的木材。晚上他们留宿农家，农家杀鸡招待他们，选了一只不会叫的鸡。他们问为什么要杀这不会叫的，农家回答：叫鸣的鸡有用，得留着。于是庄子的学生们很不解地问老师：树有用，结果被砍了，鸡能够叫鸣，结果延长了寿命，老师您看，我们到底要做有用之材呢还是无用之材？

对于这个问题，庄子只能打哈哈，兴许他自己也答不上来吧。

我家屋后的大树向庄子提出了新问题：本来它早该被砍柴人砍掉当烧柴，但它却侥幸活下来，一次次躲过了那些刀斧，后来某一天，人们惊奇地发现，已经不能对它下刀了，那么它到底是因为有用还是无用而变成了老寿星呢？

我估计庄子也只有打哈哈了。

三

一棵躲过劫难的大树是幸运的，毕竟有用无用，都只是人类的判断。对于上天来说，万物都无用，天地不仁，以万物为刍狗；对上天来说，万物又都有用，天地有大美而不言——所谓大美，乃是由万物构成。

如果我有一颗上天体恤万物的灵心，我自然会为一棵树长成大树而深感美好，就比如小巷子里那棵梨树，院子外边的那棵大梧桐树……我每次经过这条小巷子，心里都顿时豁然开朗，感觉到天地美好。在那一瞬间，我领悟到某种神性。

某一次行走在山间，遇到一棵古树，我忍不住跑过去，抱着它巨大的树干。感觉它树皮嶙峋，硌得我胸膛生疼；又感觉被它的心跳敲击，似乎触摸到大地的脉搏；它怀抱了万古沧桑，让我听到了遥远而绵绵不绝的风雨声。

我特别想跪拜这棵大树，它像是我的另一位祖先——虽然没有给我血脉，却给了我精神。

想象这么一棵几百上千年的大树，它躲过了一把把锋利的刀斧，它经历了一次次天火雷击，竟然活了下来，最后成了人们心目中的神迹。你不能再以"有用无用"去轻贱它，因为它早已活在你的判断之外。

四

过了一个月，那棵越过院墙的梨树枝头绿叶繁茂，已经挂满了小小的青果。作为一个居住在城市里的人，我每个春夏看到这棵梨树开花结果，就感觉十分幸运——它像是提醒我冬天和春天的变化，对我讲述着世事如烟的传奇。

在五步外的院子边，这棵粗壮的梧桐也举出了一树绿荫，告诉我夏天将要到来。相比于那棵梨树，这棵梧桐还很年轻。它们什么时候长在这里，我没查考过。但对于它们来说，我经过这条小巷的几千个日子，就仿佛在一眨眼间。

想起来，时光匆匆流逝，就宛如巷子外的车来人往。但在这小小的巷子里，一切却都那么安静，静得仿佛能听到梨花落……

如果某一天有一台巨大的挖掘机把这棵梧桐放翻，一把嚎叫的电锯把这棵梨树锯倒，我可能也不会感觉惊异——人类什么事都干得出来，我们通常并不会在乎一棵树的天年。

我站在这两棵树的绿荫下时，突然就想起了老祖宗庄子，他那哈哈一笑，并非尴尬，而是早已悟道：吾知之，吾不言。

以有用无用来判断世间万物，是多么肤浅，多么无聊，而且多么可笑啊。

我双手合十，向着这两棵大树致敬：它们早已看惯世间风云，何必与你争论呢。

村头老树的密码

一

秦岭腹地汉中留坝县的江口镇有个梭椤村，村以树名：这里有一棵古老的七叶树，北方人也称这树作"梭（娑）罗树"。

梭罗树，也就是摩柯娑罗树，原产于印度、中国和其他东南亚国家。传说佛祖出生时，母亲手扶此树产下他；佛祖坐化涅槃时，此树满树盛开白花，香气盈盈。据说西安市的大慈恩寺有一棵玄奘大师手植的娑罗树，是最古老的娑罗树，大概一千多岁了。（桫椤树则是另外一种植物。）

这棵七叶树着实可爱，十年前我和一帮朋友来到这树下，几个人牵手才抱住粗大的树干。树干当然也不完整了，它的内部都朽烂中空了，里边可以坐一对小情侣，树洞里喁喁情话，只有老树能听到。

虽说树苑都朽坏成这样了，这树却仿佛活得正年轻：已是深秋了，它依然枝繁叶茂。七叶树每支叶柄上有 5～7 片叶子，组成一个圆满的小圈，像是一朵盛开的花朵。这树靠着树苑的一圈老树皮吸取营养，却不见衰老，不显老态，反而青枝绿叶，岁月沧桑之中，返老还童，老树树干上竟然长出好些新枝新叶，枝枝脆嫩，叶叶水色，实在是让人羡慕。于是大家在老树下，都像变回了小孩子，烂漫起来，顽皮起来，有几个竟然爬上树杈，像孙猴子回到了花果山；美女们则偎在老树的怀里，像是回到了少女时代依在老奶奶的怀里听故事。

二

在秦巴山地的乡村里，老树都是被人敬着护着的——就像敬畏着人世之外的老神仙，就像护着我们家里的老祖宗。

我很小的时候，跟着大人走亲戚，在路上会看到大树，走近村庄会看到大树，每见到一棵大树，都像是遇到了神：树上会挂上红布，树下会点着香火。这似乎成了一种奇特的乡风民俗。

我家屋后的山梁上，有一棵三五个人合抱的大青冈树，不知道何年何月生，反正它已经老成了传说：人们编出很多神奇的故事，凡是冒犯这树的都受到了惩罚；凡是呵护这树的，都得到了好报。逢年过节有人为它搭上红布，上几炷香——好像这是它应该享受的。

这树也老成了地标：这地方被叫作"大树"，别人问你是哪儿的，你说是大树的，他就自然而然想起了这儿有一棵神奇的大树。站在七八里外的山梁上，远远就能看到这棵树。经常有走路的人走累了，一抬头老远就能看到这棵树，都会互相鼓劲："快了，快了，就快到大树那里了！"

这棵大树下边盘曲着一堆嶙峋的山石，老树的树根则从山石中挤出来，盘旋在地上，就像一条条苍龙。树底下自然而然形成了一个小广场，人们走长路经过这里，就坐在大树下抽锅烟，说说话。

这棵大青冈树也是树蔸中空，里边能安一张小饭桌。大冬天风大很冷的时候，过路人在里边点一堆火，坐在火堆边聊天。某一次不知道是谁走时忘了灭火种，结果这树的内部朽木被点燃了，后来灭了火侥幸保住了这棵老树，人们发现这树树蔸的洞更大了——像是一头巨兽，敞开了深不可测的胸膛，张开了黑洞洞的大嘴巴，里边仿佛藏着妖魔鬼怪，要伸出尖利的獠牙，就算站在外边看一眼也让人心生恐惧……以后再没人敢在里边生火了。

三

在乡村里，一棵大树就是一部活着的乡土史：它的年轮代表了时间，它的繁茂显示了天理，它的存在成了人文历史的证物。

人们用树木来做家具做棺材，用树木来修房子修祠堂，用树木来取暖做饭——这样巨大的消耗，树并没有灭绝，树能和人类共生，实在称得上是一种奇迹。秦始皇修阿房宫把秦岭的树都砍光了，但阿房宫只需要项羽一把火就灰飞烟灭，而秦岭里边最偏僻的山村中，依然长着几千岁的老树。

一棵大树让人敬畏。企图用它做棺材的人，骨头都变成了泥土；而亲手栽下这棵树的人，却能以树为荣耀——这棵老树是他们最好的纪念碑。

我老家的那棵老青冈树早已被一场天火焚化了，但我此生依然记得它苍老亲近的身影。而它年年岁岁掉下的橡子果，早已繁衍出无数的子孙后代，它们生生不息，不是我们所能比拟的。于是这样一棵老树，成了我们的乡愁和记忆，也是我们在漫漫时光中永恒的路标。

四

过了好些年我又到江口的梭椤村，在这棵老七叶树下，恍若回到了童年：也许这就是活在我记忆中的那棵老树，也许这就是我老家的那棵老树。对我来说，乡村里的老树，都是一样的神圣而让人敬畏的：它活了多少年，经了多少事，我才活了多少年，经了多少事？世间荣辱，对于这棵老树来说，无非是过眼云烟；世上甘苦，对于这棵老树来说，也不过春生冬谢……

也许它就是某位在树下古寺修行的年轻僧人手植的，这棵树让他经常想起佛祖，会让他坚定修行的信念。到他年老力衰的时候，昏花的老眼对着山寺的孤灯，也许会感觉此生无非是一场梦幻，但窗外的娑罗树却仿佛在悄声轻语，告诉他修行的意义。于是功德圆满之时，即将坐化的老僧，手抚这棵大树，想象千年之后，依然会有人从这里得到一点半点启示。

在古老中国，人们没有为宗教打得头破血流，人们也并没有丧失自己的信仰，于是创造独特的文明，这本身就是一种奇迹。在这奇迹中，少不了一棵看似侥幸活下来一直活到百岁千岁的老树。也许这些老树本身就是一种警示：无论哪一种宗教，都比不过自然更古老、更深远；无论哪一种信仰，都是为了滋润生命，安顿灵魂。

所以这棵老树站在这里，活生生地为每一个人路演。这是比现世生存更深远的人生哲学，比信仰修行更高明的彻悟智慧，比肉体活着更高贵的灵魂皈依。

五

我站在小山村的七叶树下，听两个年过七旬的老农唱山歌。老农憨厚朴实，偶尔忘了词，跑了调；老妇则活泼开朗，唱出来几分年轻时的烂漫。他们一口气唱了好些山歌，都是我很熟悉的秦巴山区的乡村歌谣。也许这树在千年岁月中，早已听过无数回了。

在这歌声中，一阵微微风来，老树的枝叶婆娑，迎风轻吟。七片青绿的叶子仿佛天上的七姊妹，她们忘了自己活到了多少岁，却依然是少女的模样。

这是山民们的生活。过去几百年几千年，他们都曾经这样生活：遇到喜事，到老树下放挂鞭炮；遇事不决，到老树下上炷香；不开心的时候，到老树下听风；开心的时候，到老树下唱山歌……

一棵老树往往和一座村庄共生。人们不一定写历史，但一定会留下一两棵大树，它就是活着的历史——只要村庄在，只要族群在，他们总会护着这么几棵老树，村庄活着，老树就一定得活着；也许村庄死掉了，老树依然可以为它唱一曲挽歌。

两个老农的歌声，和七叶树融为一体：是自然和人文的水乳交融，是人类和自然的共生共荣，是历史和现实的巧妙接续……一棵老树，一定是一座村庄的密码，它保密着村庄的过往，珍藏着村庄的记忆。

来自三峡的野丫头

一

我第一次见到中华蚊母，是在三峡库区的一条木船上。

有个人提着一棵树上船，树很小，不仔细看也没什么特别，下边带着一坨原土。它看起来是一种盆景树，叶片小巧，枝干并不丰满，不过它靠近根部的枝干就变得壮实，这种根壮枝小的萝卜样的树，多半都是生长在贫瘠的地方——它必须用根部来蓄积能量，以便在营养匮乏时能够靠着这来维持生命。因为这样的长相，这类树经常被人选作盆景。

但我并不知道，这棵漂亮的盆景树，大名鼎鼎，它是国家二级濒危珍稀植物，学名叫中华蚊母树。

二

175 米，三峡库区到处写着这样的红字。这是三峡库区的蓄水位。这 175 米也就是几十层楼的高度，人可以后退搬迁，变成移民，房子可以换地方修，古镇可以推倒重来……但对于河流两岸的许多植物来说，那可能是一场灭顶之灾。

中华蚊母是大自然的一个进化杰作。它长在什么地方？三峡地区。

在峡江，它通常生长在江岸的石壁上，只要一点点土，它就生根，长大。它不但要长出小巧漂亮的绿叶，还要开出艳美的小花。对一株植物来说，它尽力了，它也展示了自己的美丽的风华，没有辜负自己的时光。

但它是个苦命的植物。在峡江涨水的季节，江上水位提升，它生长的位置低，必然被上涨的江水淹没。这是一种奇妙的植物，一旦被水淹没，它立刻进入休眠状态——"假死"，使它在缺少氧气、缺少营养的情况下，尽量关闭自己的呼吸系统，尽量减少自己的营养耗损。整个夏天，在三峡地区长江丰水期，这种植物被埋在水下，如同一个冬眠的动物。

然后……当水线降落下去，当它重见天日，它立刻醒来，开始呼吸，开始进行光合作用，开始长叶，开花，变成一个活跃的生命。

三

我一边在网络上查阅资料，一边和当地农民交谈。我在巫山县的青石村住了几天，这个小村原来是神女峰下的一个古老小码头，这儿的居民原本有很多都是水手。三峡库区蓄水之后，他们有的已经搬迁到外省，剩下的原地后撤，搬迁到更高的山坡上，建起了一个新村。

他们告诉我，中华蚊母这东西以往在峡江地区到处都是，但现在却几乎见不到了。三峡库区蓄水之后，那些被淹没在水下的植物，不可能在短时间内进化出水生能力，只有死掉，变成水中的一个遗物。

中华蚊母成了一个没有归路的可怜东西。原本它是在丰水期被淹没在水下，水位下降之后它能够露出水面，重新生长，它用三个季节生长，只为这一季休眠。但蓄水之后，它的休眠变成永远的睡眠了。

青石村小向家的院子里放着十几盆中华蚊母，我看着这些漂亮的植物，却仿佛听到了水底的悲歌。那是一些死魂灵，在为不能醒来的时光而歌。

小向也曾经是长江上的弄潮儿，库区蓄水后，他开着一条机动渔船，接一些来旅游的外地客人，到他和媳妇开办的农家乐来吃住。

中华蚊母现在已经很少了，他栽在盆里的那些，是院子里的一道风景，也是往日峡江的一个纪念。

四

站在小向家的院子里，可以看到对面的神女峰。

也许是因为有神女峰的灵气，峡江才有这种奇特的植物。

真是大自然进化的杰作，它长着粗壮的根，上边是生出的嫩枝。也许在被水淹没的季节，这些嫩枝有很多会在休眠中死掉，但是它的根部依然保持着营养，蓄积着顽强的生命力。一旦峡江的水退下去，它就焕发出生机，迸出新的枝条，长出鲜绿的小叶，开出艳丽的小花。

我热爱大自然的任何一种植物，因为它们各有各的生存本能，也各有各的骄人风姿。有的开出鲜香的花朵，有的长出漂亮的叶片，有的摆出生动的造型，有的保持绚丽的色彩。这其实都是自然万物进化的结果，但也是大自然万种风情的美妙展示。

五

明代诗人王叔承在三峡地区写下十二首《竹枝词》，其中一首写道：

白盐生井火生畬，女子行商男作家。

撞布红衫来换米，满头都插杜鹃花。

你看这峡江地区的女子，她们生在这穷山恶水之地，却有着别样的风采。

在三峡地区，男人多半都是在江上搏命，当水手船工，以生命做赌注来维系一家的生活；女子也能干耐劳，她们煮卤成盐，烧荒为畲。男人们从江上回来，反倒成了家里人，在家弄家务。这个时候，这些山野女子的生存本领和快乐天性就全都体现出来了：她们做手工去换米，归来时头发上还要插满杜鹃花。

我读这诗的时候很是感动。我立刻想起了我看到的那个奇妙的植物中华蚊母。

这山野女子，这中华蚊母，都是峡江地区的生命之花。

当她们在生存困境之中，她们受苦，她们隐忍，她们辛劳，她们奋争。当生活稍微给她们一些阳光，她们必然绽放出生命的璀璨光华。

所有的贫瘠土地上，总有生命在忍耐、在承受、在萌动、在绽放。

那位站在悬崖上仰望千年的女子，她在固执而期待的守望之中，变成了一尊美丽的神。

枫叶的火光

二十多年后，我在一本旧得发黄变色的笔记本里边看到一枚枫叶：它失去了火红的颜色，但叶形保持完整，叶脉依然清晰。它在这样一本彩印塑料封皮的笔记本里边出现，一点儿也不让我感觉意外，就好像是年华的记录本必须和岁月的勋章放在一起，不因过往的人事而变质消失，也不因人生的际遇而失去锋芒被抹去痕迹。

笔记本是我少年时代获得的一个奖品，在那年代这种笔记本算是奢侈品，彩印塑料封皮，里边还有好些彩色插页——有林青霞和王祖贤的美照。我没舍得用。考上了高中我觉得这算是人生的一大进步，把它拿来做了日记本。这是我最后一本日记——这本日记写完之后，我不再写日记。

翻看这些日记的时候，觉得很好玩，我写的每一句话都打上了时代的烙印——堪称十分励志。一个十五六岁的少年人，在日记中竟然没写一件隐私，比如对某个男生的厌恶，对某个女生的爱慕，对某个老师的意见，甚而至于自己对于社会和人生的疑惑，我都没有写下来……可能出于性格的原因，我小心翼翼地保护着个人隐私。

荒诞的是，过了二三十年再回头去翻看，它本身也成了隐私——暴露了你所受的教育和所处的环境，社会给你头脑中强行楔入的那些认知……它们全都过时了，让你感觉像个笑话。

这枚颜色变得暗淡的枫叶，可能亲眼见证了我的成长，它像一个上帝，陪伴着我孤独而隐秘的少年心。我上大学的时候带上了这个笔记本——它是我在高中时代写的最后一本日记，大概是高一的时候。但我一般不翻看这本日记，直到多年以后整理旧物，我在这本日记中发现了这枚枫叶。

这可能是某个秋日或者冬日，我回到故乡的山里，漫步山间，随手捡起它，收留了这一刻。过了二十多年，它的叶柄已经完全枯萎了；叶片失去了光泽和鲜艳，就好像一只死去的蝴蝶暗淡的翅膀。

我喜欢枫树，它堪称我少年时代最好的陪伴——那是一树孤独而迷茫的红，像是秋天独舞者，又像是梦中的一团隐约的火光。

我后来写的一部小说里边，主人公名字叫作"枫"，他带着青春的狂热和冲动，有些独立不羁的佻㒓，后来他在一次洞穴探险中失踪了，成为我小说中一个消失的人物。这大概算是青春的一种象征。

在深秋季节，枫树成为山林中最狂放高傲的诗人——

它粗大的树干从林中凸显出来，高大挺拔，粗皮剥落之后，露出了它覆盖着白霜似的细腻部分，明亮耀眼。

叶子完全变红，不是那种干枯的红，而是带着油润的光泽，或者晶莹发亮，这使它和别的红叶树完全区分开来。如果你逆光从叶片背后看去，它就像婴儿的皮肤，透明如水，显示出它的脉络。

生物学家把树叶称为树木的太阳能板，春夏季通过光合作用给树木提供能量。到了秋天，树木已经准备养育新的枝叶，它会把这些衰老的叶片抛弃；树木断开了树叶的营养输送线，让叶柄和树枝的连接也松开，只需要一阵轻风，叶子就被甩离了大树。

这枫叶的最后的红，是它生命的终结，而普通人并不了解这个植物学常识，说霜叶红于二月花，这区别太大了：二月花怒放，它是孕育者，是新婚；霜叶红则是衰老者，是告别。

但枫叶到了秋天，的确没有衰老死亡的感觉，反而有一种青春的佻达与狂放。比如它叶子的湿润感，它那种像花瓣一样的亮红，但它与春花的最大差别，则是孤独。春来百花开，春花总是那么热闹，那么喧嚣，唯有秋日的红枫，完全是一树孤独的放浪形骸。

秋天山里的红叶很多：柿子树、漆树、楝树、黄栌、枫杨树、山毛榉……它们或者低矮，或者杂乱，或者老相毕露——唯有枫树，在树木萧瑟万物凋零之际，露出了高大而挺拔的身姿、狂热而艳美的神情，完全是一个烂漫无忌的独舞者。

在我十来岁的少年时代，我最喜欢的事儿，是在秋日里漫步山野，这倒不是为了欣赏风景，纯粹是因为一种迷惘空旷的少年情怀和大自然情景相生。秋日是孤独的季节，适合漫步沉思，我大概属于那种喜欢孤独遐想的人，常常在这种季节独自漫步山间小道，倾听风穿过树林、树叶落下的簌簌声。

可能是在一个秋日的黄昏，我在一个山梁上登高望远，斜阳夕晖之中，突然看到山湾里的一树红枫，它那么耀眼、那么艳丽，简直就是一种遥远的呼喊和诱惑。我得跑过许多山路，穿过许多树林，才能到达。站在这棵枫树下，我喘息着，忽然闻到一种熟悉的气息：枫香。

我坐在满地落叶上，背靠着这棵大枫树，听到树叶飘零，如同秋雨。好些叶子落在我的头发上，顺手拿下一片，发现它外形如此美观，裂叶的尖角锋芒毕露，像是刀锋；叶脉清晰，就像是婴儿的血管；叶片光滑而嫣红，就像是花瓣。触摸着这叶子，指尖感觉到一阵清凉，这是秋天的触感。

一个人融入大自然的感觉就是这样：一瞬间，你和这些树，这些叶子，成为同族。在风中，你会有做一片树叶的感觉，可以燃烧，可以发光，可以跳舞，可以歌唱……

我那么年少，不懂得哲学，不懂得诗歌，不懂得任何艺术，也还没懂得爱情……但就在那一刻，我觉得自己成了一个诗人，一个艺术家，一个宗教家，一个哲人，或者一个情人。

我轻拈这片叶子，把它放进了我手中的本子中……此后二十多年，它就一直陪伴着我的时光。

枫树种类很多，山里边各种树乱长，我少年时代只能认得少数的几种树。枫树属于槭树类，在加拿大，它被当成国树，叫作"糖槭"。它是可以产糖的树，就好比我们所知道的甘蔗和高粱。枫红时节是加拿大的丰收节日，糖是我们人类生活中离不开的东西——到这时候，它把狂热和甜蜜融为了一体，就好比爱情最美好的滋味儿。

那么多的槭树种类，唯有我少年时代见过的枫树是最难以忘怀的：它高而挺，是俊秀；它香而浓，是美貌；它红而烈，是浪漫。

一个人如果具有这些气质，那简直堪称男神或者女神。

我想起少年时代的这棵枫树，就会感觉它像是我心中的一尊神，它寄放着我对人生的全部狂想。它和我的日记本在一起度过二十多年时光，不小心就让我触摸到我的少年心思。

它是一份隐私。

我和大自然是永远的朋友，因为只有它悄悄地替我呵护着少年心，也谨慎地保护着我的隐私。

不方便对人说的话，可以对着一棵树说。不愿意暴露的情感，可以对一棵树敞开。不适合与人交流，也可以和一棵树交流。

这是多么好的一个朋友，或者一个爱人，失去了它，你就失去了整个青春。

油菜花开

一

每天经过楼下店铺的时候，照例要和老板娘打个招呼，她和我年龄差不多，是我的老乡——老乡就是拿自己当熟人的代名词，属于可以聊聊家常的那一类。我让她给我拿两盒烟，她问，最近很忙吧？我说，是呢，城里不知季节变换啊，本该是踏青的季节，却忙得像陀螺，被人抽得团团转，都转晕了，连草儿青了花儿开了都忘了。

她笑：说到踏青呢，最近见到人都跟我说油菜花开了，我就想啊，这油菜花有啥好看的……

听她这么说，我下意识地看了一眼地面，突然惊喜地发现，人行道台阶下的砖缝里，竟然长出了一棵青绿的草。

看起来像芥菜，但也许是别的什么草，比如荠荠菜，长相很可爱，有三四片小叶子，昨晚刚刚下了点小雨，洗得这叶片干干净净，嫩绿转为深绿，叶子中间簇拥着毛线粗的一支花茎，花茎顶端竟然举着一个花苞，开出来应该是白色的吧，这阴沉湿漉的早晨，它竟然有了一星亮色。

看起来它的确像芥菜，因为我见过芥菜开花，多半都是白色的，显得很单纯朴素，既不鲜艳也更谈不上妖冶。

二

记得小时候看过一部电影，叫作《苦菜花》，电影内容都忘掉了，唯独这个名字难以忘怀——苦苦菜。是指蒲公英或者别的什么野菜，开出来的花大概也是苦的吧？因为它是苦水浇出来的。但这花无论是香的还是苦的，色彩都一定带着亮色——就好比贫家的少女，也有明媚的春天；就好比小家的碧玉，虽然穿着粗布衣衫，也一样美丽……这都是大地的垂爱，是春天的公平。

我指着这棵小野花，对老板娘说：你看，这小草也要开花了，这春天的风景，真是无处不在啊，油菜花是没啥可看的，但我们想看到的是大地和春天啊。

她顺着我的手指，看到街边那棵不起眼的小草：你说得，让我也想起了小时候，这个时节天天走在油菜花中间，那花香啊能把人熏晕，那颜色啊，能把人看晕……说起来，这真是好季节呢。

我俩唠嗑的时候，来了一个清洁工，她用一把小铲子，一伸手就把那棵小野草给铲掉了，装进塑料袋中，和一些垃圾裹在一起——

这就像一个急转的剧情，把我和老板娘都看傻了。我难为情地对老板娘笑了笑，突然感觉自己是个矫情的人……

三

我和老板娘一样，打小生活在这样的乡村：

到这个时节，房前屋后都是盛开的油菜花。你见到一个乡村孩子，穿行在这样的灿烂金黄的花丛中，蜜蜂在嗡嗡叫，天气暖和得像温室，瞬间你就被这种暖黄亮泽照得双眼迷离，瞬间你就被这铺天盖地的花香熏得要醉了……

我记得小时候曾在这样的花丛中睡着了，坐在一捆柴草上——这时节经常去山林里找干柴火，这是乡村孩子的一件家务活儿。

醒来的时候，突然听到耳边蜜蜂成群结队的美丽和声，眼前一片金黄迷茫，突然一只鸟儿从天空飞过，就像一个捣乱的孩子，唱出一声跑调的山歌。

对于乡村孩子来说，这油菜花的确没啥好看的，但这样的时节却是十分可喜的，因为有一种自然的活跃，还可以随处找到野菜，野油菜、野芥菜随地可见，野葱和马齿苋也随手可取……

捡柴火的时候，顺便要带一些野菜回去，会得到妈妈的几

句夸赞——特别是女孩子，会被看作很持家很务实的可爱品质，我们男孩子粗糙，往往贪玩都忘了这些事。我妈经常夸赞别家的孩子，我就特别在意，记住了很多野菜的样子。

只有春天的大地，才会给人这么多丰厚的馈赠啊。更何况是油菜花呢，这时节它开得烂漫无忌，放浪形骸，就像一群张扬的少男少女。至于那些野菜，也不甘寂寞，纷纷长大，有的已经长出了花苔，随时准备绽放了。我们是赶着季节找野菜，野菜是赶着季节开花……

油菜花开的时节很短暂，过不了一个月它就成熟了，打菜籽的季节那就是丰收的时节。而菜籽油是我们农家必须储备的，一年四季的口腹之香，就靠着它了。

四

据说中国有几十种叫"油菜"的农作物——我们见到的只是几种而已，包括那棵长在街边砖缝里的野芥菜，它也属于一种油菜。油菜的花都很小，颜色都很单一，它们开花不是为了好看，其实它们是无需好看的，因为平凡的花朵，才不会被伤害，虽然吃苦多，也不张扬，就好比那种苦菜花，但它却能够享受天年，顺利开花结果——说起来，这也是一种自我保护吧。

我对老板娘说：很多人来看油菜花，其实他们看的不是油菜花，而是春天和大地啊……大地总是公平的，春天总是美好

的——如果世界上还有什么公平的话。

就好比……我停了停，下意识看着那个清洁工的背影——她刚刚铲掉了的那棵小野草，已经被她倒进垃圾车里了。

我们不但忙，还很功利，我们会铲掉一棵多余的野草，我们会抹去街边偷偷到来的一星春色——我们离大地和春天，有多远啊！

这些话我没对老板娘说——这也许会显得更矫情吧。

她似乎听到了我的嘟囔，下意识地抬头看了看天空：毛毛细雨依然在下着，天空一片昏茫，但这雨却是春雨，它悄悄地来，悄悄地打湿了一棵小小的、青绿的野草。

樱桃花开

　　每一个小孩子都贪吃。我每次想到一棵开花的树，就会想到一碗鲜美甜酸的红樱桃。

　　这种视觉的记忆，分分钟转换成了味觉的贪馋。

　　在小镇上，卖樱桃的人把一大篮子樱桃摆在街边，篮子上边覆盖着青枝绿叶，一颗颗鲜美圆润的樱桃，在明亮的阳光下闪烁着晶莹的光泽。

　　卖樱桃的用一只小瓷碗作为量器，一碗五分钱。我吃过的最美味的樱桃，就是用五分钱买来的这一小碗。

　　所以当我十七八岁时第一次读到席慕蓉的诗，首先想到的不是一棵花树的灿烂明媚，而是一碗樱桃的耀眼迷人和酸甜爽口。

　　　如何让你遇见我
　　　在我最美丽的时刻
　　　为这

我已在佛前求了五百年

求佛让我们结一段尘缘

佛于是把我化作一棵树

长在你必经的路旁

（席慕蓉《一棵开花的树》节选）

这种视觉感受如何变成了味觉联想？这就好比那个望梅止渴的故事。

记忆在瞬间转换了几个场景。读着这样的诗句，我脑子里浮现出来的，是一棵樱桃树。

樱桃树生长很缓慢，所以木质细密、坚硬、韧性强，是最好的木材——乡村里没有古老的樱桃树，老树都被砍了做了家具。

樱桃木这么好的材质，最适合用来做女儿家的嫁妆。

一个青春明媚的女孩儿，从小在灿烂的花树下玩耍，吃着甜甜的樱桃长大……有一天，将要出嫁做人妇——

于是这棵曾经盛开浪漫之花、结过鲜艳果实的樱桃树，还将永远陪伴她的后半辈子：

做了梳子——梳着她的黑发，如同妈妈的手。

做了衣箱——装着她的嫁衣和银饰，装着她的小秘密。

村里有一户人家，住在一个偏僻的山嘴上。

我喜欢去那里，但经常不敢去——他们养着几条很凶猛的狗。我实在很想去了，就会央求大人带着我去。

只为他家屋后一棵硕大的老樱桃树。

这家人住着几间茅屋。茅屋建在山嘴上，门前长着深密的竹林，还有桃树、李树和枇杷树。我长大了也没太明白，这家人很穷，但他们为什么喜欢栽这么多果树。

樱桃树长在一群巨大的石头中间。

在早春时节，乱石间都是枯黄的茅草。瘦瘠的山梁上，野草也还没绿，到处是风吹枯叶瑟瑟，显得毫无生气。唯有这棵樱桃树，显得如此例外。

这棵樱桃树有小脸盆粗细，满树花开，灿烂耀眼。这棵花树如此张扬而热闹，刹那间把这家人居住的荒山野岭照亮了。

我第一次看到这情景，无比震撼——站在花树下，呆了。

早春时节，世界如此荒凉，但这棵开花的樱桃树，把天空变得绚烂，把山岭变得活泼。

一阵风吹来，花香宛如轻雾拂过，让你感觉到一阵清凉的迷醉。

我这么迷恋这家的樱桃树，乃至大人逗我：干脆给你娶了这家的小女儿当媳妇。

当然这家人没有小女儿，否则我会真想当他们的女婿。我不要他们把樱桃树砍了做成女儿的嫁妆，就直接把这棵开花的树作为嫁妆，春来可以赏花，夏至能吃樱桃，人生之美好，也就不过这灿烂芬芳。

　　大概在早春二月，樱桃花成了最肆意盛大的春景——

　　没见过这么张扬的树，它生在世界，仿佛不为结果，不为成材，它只为这荒凉季节的一树灿烂。

　　难怪席慕蓉会写这么一首诗，一棵开花的树，等着一个人来，远远地观望，静静地呆立，默默地被震撼。

　　她说的是栀子，我说的是樱桃。

　　她已经等到了五月，我只需要在二月。

　　这棵开花的树，是一树诗歌，张扬着青春的烂漫。谁会不记得呢？

　　我于是从一碗樱桃返回到一树樱桃花——就好比一个出嫁了的女儿，抚摸着她的樱桃木做的梳子和衣箱，突然想起了它开花的时节。

泡桐花：村庄的女儿

乡村里有三种名字中都带"桐"的树：梧桐、桐子、泡桐。

梧桐长得高挑端直，叶大如扇，连树皮都是翠绿的。这树生长慢，材质好。梧桐的名气当然大，"家有梧桐树，招来金凤凰"，它堪称树中的美男子——什么叫玉树临风，你看它就是了。因为成材缓慢，农村里并不把它当作一种木材来培育，人家房前屋后栽上几棵，装饰意义大于实用意义。

桐木材质细腻有韧性，是做琴的好材料：传说古代最有名的焦尾琴是一块烧焦的桐木制成，焦桐做琴，凤凰涅槃，响出的是时光的清音——

就宛如一位玉树临风的美男子，化身为一架古琴，在美女玉指的拨动之下，发出了前世清越的歌吟。

梧桐的叶子，长在高高的树梢上，偶尔才会掉下一张，扑簌簌落在地上，刚好做了农村孩子的玩物。

古诗词里边，有"梧桐叶上三更雨"，读来令人倍感凄

清——大概是因为梧桐叶大，雨落在叶片上，震动面积大，响出的声音也沉闷，听来分外惊人，让人觉得不绝于耳，在秋夜里，敲响了窗中不眠之人的乡愁。

我小时候最深的口腹记忆，是吃一种香得让人馋涎欲滴的东西：梧桐子。梧桐子的大小跟一颗绿豆差不多，锅里炒过之后，咬开硬壳，里边很小的果仁掉在舌尖，这果仁经牙齿一嚼，立刻满口生香——这种香，似乎世间没有，远非瓜子、核桃、花生之类的能比，后来再没吃到过。

后来每次吃松子时，咔嚓一声脆响之后，嚼着松子仁儿，我就立刻想起梧桐子的那种香。但是梧桐树特别高，结子又很少，农村里的小孩子很难弄到，这种口福也就很难享受到。

桐子树则是乱长在山坡上。在过去的年代里，它曾经是一种重要的树，因为桐子能榨桐油——桐油在没有石油的年代，被当作点灯照明的油料。有了煤油之后，农村再不用桐油点灯了，主要用来漆染家具和棺木——桐子油有防虫防腐防漏的作用。

桐子花开的季节，满树粉嫩的花朵和嫩绿的小叶。这花长得实实在在，瓣是瓣、朵是朵，花瓣厚而沉，掉在地上不是一片片，而是一朵朵——没见过这么老实的花，就像是粗手粗脚的村女，有一种憨厚的明丽。

桐子树的叶子深绿光润，心形，带圆滑的尖角——色泽和形态都很漂亮。六月里农村里最早的玉米差不多长成了，农村孩子嘴馋，会去摘来玉米棒，刀削下水嫩的玉米粒，用石磨碾成浆。母亲把玉米浆摊在桐子叶上，放进竹蒸笼里蒸熟，是家常食物，也是农村孩子的零食。

这玉米馍在川陕山区，被叫作"玉米粑粑"。还有别的叫法，但都不离"粑粑"这个词——"粑粑"是个声形俱备的词，既有形的意思，它摊薄成一张饼，川陕人把这类薄饼叫粑粑；声呢，它本身像是一个象声词，你想象一下一捧黏糊糊的玉米浆掉在地上的声音吧。

夏天的桐子叶包玉米浆蒸出来的玉米粑粑，自带一种新粮的清甜香味，又有一种鲜嫩桐子叶的特殊气息，是地道的乡土味儿。在川陕山区，小孩子吃玉米粑粑，就等于欧美的小孩子吃比萨饼——既是家常，又是偏好。

桐子树虽然不成材，但颇得农村孩子的喜欢。桐子树生长在小山坡上，山石之间，树不高，分叉多，韧性也好，小孩子喜欢爬到树上玩，没什么危险。在过去的乡村里，你经常可以看到一个农村小孩，三五岁吧，坐在一棵桐子树的树杈上，像个小猴子，仿佛这就是他的领地、他的游乐场。

我对泡桐树的记忆最浅淡，从小到大，泡桐树在乡村里几乎抬眼可见——房前屋后，地头田边，它对自己的生长地好像特别不挑剔，算是一种随遇而安的树木。

大概因为生来贫贱，它的繁殖能力特别强——没有人专门去栽植，它也能随处长出来。它的种子能发芽长树，它的根也能繁衍生发。树木中，生存能力这么强大的品种，不多。

泡桐树长得快，长得高，外表丑陋，树干粗糙，树枝乱长，叶子粗糙有毛，一般小孩子都不愿意沾它。

据说泡桐树也是做乐器的材料，但在过去的农村，谁也没有拿它做什么乐器。它生长太快，材质疏松，好加工家具，但也容易损坏，所以并没有人把它当主要的木材。

我偏爱梧桐，也喜欢桐子树，但从来没在意过泡桐。直到有一次，它进入了我的诗句。

20 岁的时候，一个初夏，我坐着一辆慢吞吞的班车，穿行在八百里秦川。

八百里秦川一望无际，天空是碧蓝的，大地是翠绿的——无论是天空，还是大地，都是一样的辽阔无际。

仿佛一下子回到了五百年或者一千年以前，麦子像时光的河流一样铺开，无限延伸；天上有一位神，他高大到你无法张望，你只能想象。这是你在一个初夏的日子，置身于平原上的感觉。

我喜欢五月的乡村，这时候的一切都让人有醉意，空气中弥散着青草的气息，风带着几分暖意，但不至于让你燥热难耐。

我很想停下来，站在这旷大的田野上，体会一下一个"人"，站在天地间的感觉——你会觉得你很渺小、很孤独吗？你会觉得你很茫然、很空寂吗？

分分秒秒之间，你脑子里会闪过无数的玄想……只有置身于这种空旷的田野间，只有在安静无边的五月大地上，人才能体会到一种真正漫游和漫想的感觉。

在我之前曾经走过多少的诗人，他们也曾如此。也许，每一个在大地上行走的人，都曾经有过这种种遐思。

我想我是一个赶马车的人，从初夏的麦田中间走过，马蹄嘚嘚响成节奏，微风轻盈吹拂脸庞……在舒缓漫长的旅途中，我进入了梦境，任马儿慢慢走，任风儿轻轻吹，我耳边仿佛响起歌声……

但是我已经睡着了，我梦到一片花瓣，清凉而柔润地贴在我的眼皮上。

那是一片泡桐树的花瓣，粉色的，像鸟羽，从树梢上轻盈掉落下来，刚好落在我闭着的眼皮上。

这是初夏的大地，我醒来时，眼前突然一亮：村庄一角，伸出了一树繁花，是泡桐花，在五月空旷的田野上，它们显得有些耀眼，但并不佻哒张扬，像是一群安静的鸟儿，停留在树梢上。

惊艳是在我的梦中：我回到村庄，没有一群孩子，笑问客从何处来，只有一树泡桐花开，仿佛等着我归来。

我写下一首诗。在 20 岁的时候，我只会当一个诗人，但我所有的词语，都比不上一片掉下来的花瓣——

桐花　质朴的美丽

村庄一角的妹妹
轻盈地走出哪一支民歌

四月扇着一对硕大的翅膀
一边是天空的深蓝
一边是麦地的浓绿
四月驮着阳光
扑落桐花
一地风流

赶马车的人
走过村庄
四月的双臂 怀抱
歌唱的轮子
歌唱的眼睛
马儿啊你的蹄声
掠起一朵桐花
一片羽毛
一朵歌唱的嘴唇

桐花覆盖着四月
赶马车的人
沉睡在春天
一朵桐花

像村庄的女儿

质朴的美丽

一朵桐花

遮住他的眉毛

中国兰

秦巴山区多野生兰草，春兰和蕙兰尤其多。

海拔七八百米的低山丘陵，向阳的山坡上，在遍地荆棘和杂木树丛中，落叶层层，慢慢腐烂，成为各种低矮植物的家园。就生活环境来说，兰草和茅草并没有什么两样，大自然不特别偏爱哪一种植物。

孩提时代特别喜欢去青冈树林里，找一种长着长长花茎、开着一串串花朵的植物。一般是白色的铃铛似的小花朵，因为花朵太扎眼，叶子往往被忽略了。我找这种花，不是为了欣赏，而是想找到天麻——这是山中一宝，是名贵中药品种。

在山里孩子心中，天麻这个东西的神秘性就相当于东北的老山参——在民间故事中，它也是会成精的。传说中天麻也是个有灵性的东西，你若惊扰了它，下次再去找，它就"跑"了。

野生天麻往往生长在青冈树、栎树林中。其实它也是一种兰科植物，它开出的花，也属于一种兰花。

不过我从来没找到天麻，看到的花，多数都是蕙兰，或者别的兰科植物的花朵。再说，兰花大多在春夏之交开花，天麻是它的肉根，需要到秋冬季节才能长大，所以即便找到花，也未必能挖出天麻——它不是"跑"了，而是压根儿就没长成形。等到它真正成熟的秋冬季节，叶子和茎秆都已经干枯腐烂，混杂在落叶之中，你很难发现——被找到的几率比较小，使得它具有了神秘性。

所有的兰科植物都会开出漂亮的花朵，兰花是中国人喜欢的花卉。多数的兰科植物有着漂亮的叶子，也是一种观叶植物。

很多兰花开放时会散发出一种清幽的芳香，而且经久不散，这种香味很难模仿复制，令制造香水的专家望尘莫及。

兰草在中国的生长范围最广，而且种类数量最多，所以也号称"中国兰"——这足以显示中国文化对于兰的偏爱。

兰有"空谷幽兰"的意境。兰草是野生植物，人工培育难度较高，往往生长在中山区的偏远之地。如同隔世之隐者、新世之遗民。

兰名列"梅兰竹菊"之中，高洁芳香，独立不谀，被称为"君子"。作为一种人格象征，乃是不阿谀于富贵，不取媚于世俗，不委身于卑贱，不合污于时风……实际上它恰恰是一种最普通的附生植物，依靠某类树种的根部真菌而成活并且长大。

在中国文化中，兰成为一个历史悠久的文化意象，暗合了中国传统儒释道三种文化的精神指向。佛祖拈花一笑，那花原本是金婆罗花，但到了中国，佛祖拈花的样子是兰花指，手指上沾染的是兰花的芬芳，有此芬芳，世间纷攘乃在一笑之间而已。

穷则独善其身，达则兼济天下，遗世独立，香远益清，这成为中国古代知识分子追求的一种美德象征。修身齐家，才能治国平天下；建立正道直行的人格标杆，方能为往圣继绝学，为万世开太平。

洁身自好，顺从天然；不与众花争艳，方得一枝独秀。它既是遗世独立的修行者，又是自足自得的生命体，因此兰也是有操守有格调的隐喻。

从屈原开始，到两千年封建文化结束，不断地有诗人画家，把一串串的文化芳香附加在这株小小的兰草上。儒释道的价值标杆都集于一身，对于中国人来说，它实在是野草中的王者，是众香中的公主。

几叶并不柔和细腻的叶片，弯曲成翠绿的曲线，天然带着几分画意。一朵小巧玲珑的花朵，散发奇异的幽香，天生象征某种诗意和哲理。在中国文化中，简洁含蓄是一种审美趣味，也是一种文质兼美的人格修炼。

兰草其实真是一种贫贱植物，生在野山，它无需太多的肥料，无需太多的水分，甚至无需太多的阳光。在幽林中，它是一棵不起眼的小草。在腐叶土里，它和其它植物一样所求不多。在盛放的百花之中，它含蓄而清淡，如同置身于喧嚷中的隐者。

春兰和蕙兰在春天开花，小巧玲珑，美貌异常。有时候它们会长出一些色彩奇异和造型别致的花萼，这就是集兰迷们眼中的异品，可谓千金难求。

晚春时节风和日暖，所谓惠风和畅，也恰好是蕙兰开放的好时候。我喜欢去山野里闲走，穿行在春天的树林中，漫步于林间小道，往往能发现一两株兰草，就如同观赏天然的画幅。不需要宣纸，也不需要水墨，大自然随手挥毫，随意间成就了惊世杰作。

经常是一座瘦瘠的山，山上也没有了大树，人们在山里开采石头，或者种植经济作物，经常把优美的低山地带搞得千疮百孔，令人惋惜疼痛。但是各种野生植物还是在努力替大自然来医治疮痍，它们迅速覆盖了被开采的山坡。

就是在这个时节，你能发现大自然那超强的自我治愈能力——野草正变得翠绿，小树正变成青碧。

瘦瘠的坡地上，最具生命力的，是那些无用且有着极强防卫能力的植物，比如悬钩子，它带着很锐利的刺，叶子是脆生生的嫣红。七里香，也是带刺的藤蔓，这会儿正开出一蓬蓬的花朵，漫山遍野会散发出一种令人迷醉的芳香。野蔷薇，开出的是浪漫的粉红深红紫红。

人类不知疼惜，把山挖成了裸露的创口，这些野性难泯的植物则像灵药一样，迅速地抵挡了人类的残忍和粗暴，修复着大自然，为被伤害的生存环境疗伤，为万物做补偿。

我随意行走在山野，经常是醉翁之意不在酒，不一定非要发现一株兰草，我更喜欢活泼生动的山野——满山葱绿，花开如画，暖风熏熏，花香迷离。在野山攀爬，行走在树林草丛中，没有太多的游人，真是尽享自然的美妙时光。

风吹树林，响出唰唰的林涛。林中鸟啼，声声入耳。这也是春天令人欣喜的声响。

各种各样的植物赶时节，长叶的长叶，开花的开花，尽情袒露它们天然的一面，这是上帝给它们的好时光，它们不会辜负这样的青春。

青冈木枝繁叶茂，长出了嫩绿的树叶，变成了林荫。

巴山松的枝梢上，长出了毛茸茸的花絮。栎树和檞树，长叶比较早，早已是叶片饱满，油绿迷眼。悬钩子小叶如串，姹紫嫣红，宛如花朵。野蔷薇深碧如云，藤蔓间闪烁着朵朵玫红。

趴在山石间的平枝栒子，指头粗的枝干伏地生长，有时候自然弯曲，造型漂亮；叶子则比指甲盖还小，却油绿喜人；叶片间长出了深红的小花骨朵，小得近乎黄豆，如同繁星点点闪烁，美观绮丽。

林中最多的是鸢尾兰，它什么地方都能生长。林中空地，山石间的一小块泥土上，棘刺蓬下的阳光斑驳中，都能看到三五棵鸢尾兰开着紫色的花朵，像是绸缎一样的光泽。尚未开放的花骨朵，像是紫玉雕琢的箭头，造型美丽、色泽明艳。叶片是青苍的，像绿玉打造的小刀。

鸢尾兰这么漂亮，生长却如此随意，显得上帝之公平——从生长条件来说，它真是贫贱富贵皆能适应；从开花长叶来说，却是异常的艳丽，尽情展现。贫贱安命，富贵不淫，兰之如君子，大概如此。

屈原喜欢用香草美人来做比喻——蕙兰幽丽芬芳，就如人心至清高纯洁。蕙兰的叶子粗硬，则是对恶劣的生长环境的自然防卫。从质感来说，它恰如茅草一般，茅草是山野里最常见的植物。野之如茅草，这是蕙兰放之山野，和环境相融合的体现。

在晚春季节，林中风过，突然会有一股轻盈迷人的芳香掠过，胜过世间任何一种香水和空气清新剂的味道。

这是蕙兰，它悄悄躲在某个石头的缝隙，或者在一蓬蓬褐黄的落叶下，已然开出了奇丽迷人的花朵。粗糙的兰叶之间，长出了嫩紫色的花茎，花茎脆嫩，不堪碰触。花茎上则开出了小小的花朵。

花朵有着特别的造型，花瓣覆盖之中，花舌拖下一个小小的弯曲，花舌上是斑斑点点的色泽，白、黄、紫、红、褐，宛如一个小小的调色盘里溅出的点点颜料。

其貌不扬，若不细细观赏，这种花完全淹没在色彩缤纷的林中。这是上帝给它的天然的防护方式。如此娇嫩的花茎和花朵，必然隐幽深藏，否则它难免成为野鸟小兽的美食。

但是一阵风吹过，它隐秘的媚丽被暴露了。暗香浮林梢，奇芳溢春风。它真是山野大隐，林中真仙。难怪觅兰者不惜登山涉险，披荆斩棘，也要一睹芳泽。

芝兰幽幽，其香在野。幽兰一词的意义，你不到野山乱林，如何能领略！

早春三种樱

早春的山林通常是消瘦的，林中的枯枝僵硬，走近了才能看到星星点点的苞芽在枝梢上悄然萌动。枯叶落在林中小路上，经冬的雪水浸泡过后，变得发黑腐烂。叶下偶尔有喜阴的小绿草，给黯淡的树林带来一星亮泽。

小时候上学去，走在山路上，穿过枯瘦的树林，听到林中小鸟小兽扑簌簌跑动的声音，那感觉是活泼的、动听的。山林寂寞，特别是早春时节，这个时候从林中斜斜伸出的一枝野花，让人眼前顿时一亮，真是有声有色，整个早春被画龙点睛了。

这些赶早开放的山花，有山桃花，有山梨花，还有野樱花。我不知道野樱花的学名，但是那树长得跟樱桃树一模一样，结的果子形色也很像樱桃，只是没有樱桃那样大，那样甜，它是小的、酸涩的山果。山里人就这样先入为主，认为它是樱桃的野生品种，是未被驯化的樱桃树。

　　凡是早开的山花，都是花比叶先的。仿佛为了赶这个绽放的季节，花骨朵儿急不可耐地迸出来，一个个粘在枝梢上，一夜之间竞相开放，清晨走过山坡，看到满山坡都在闪闪发亮，黯淡的山林顿时就被这些小小的光束照亮了。

　　野樱花的色彩当以绚烂来形容。相比之下，樱桃花开得大而素洁，野樱花则充满了野性。它往往是粉红的一束，千万朵小花缀在枯干的树枝上，一下子让枯瘦萧疏的树林有了春天的活泼感。这一束束的粉红，像是一阵风来就可以吹得漫天碎云。实际上风来的时候，它只是随风摇曳，风只能吹落那些晚坠的枯叶，却不能将这些紧紧附着在枝梢上的花朵儿吹动。同樱桃树一样，野樱树有着很结实、很有弹性的木质，树干长得粗糙结实，枝梢自然分杈，不长高，却很自然地伸展成一片伞形的树冠。所以野樱花开放的时候，很像萧瑟山林中的一团团灿烂云霞。

　　上中学的时候年年有植树节，到山坡河边种树是口号，实际上都成了领略早春景致的重大节日。早春无美景，但是风很怡人，空气很纯净。偶尔看到的小花小草，也养眼而令人惊诧。这个时节走在山底下，抬眼一看，突然就看到树林中那些野性十足的花枝，看到云霞般烂漫的野樱，简直就是一种意外的惊喜。

　　樱桃则是小时候常见的水果之一，山村里许多人家房前屋后都有一树樱桃。因为樱桃树木质优异，容易被人伐了做家具，而凡木质优异的树种，往往生长也缓慢，所以到我小时候，山里边已经很少见到粗大的樱桃树了。

我们村里有一家人独居，住草屋，草屋门前临山崖，山石嶙峋，屋后则是缓慢升高的山梁，屋后山石环拱中，竟然有一棵脸盆粗的樱桃树，树皮翻卷，树干粗糙，疤痕遍布，苍老的树干上枝杈横斜——这很像古老的画中的情景，是适合隐士居住的地方。

这家人有着这么大一棵樱桃树，年年有花香，岁岁有樱桃吃，真是让我羡慕极了。樱桃花开的时节，这家人的草屋被鲜花簇拥，山风吹竹林，绿意摇曳，花香也弥散，站在花树下，常常让人不忍离去。

樱桃成熟的季节，街上也有卖樱桃的，一只小瓷碗，五分钱一碗。那种樱桃有拇指大小，不是常见的鲜红，而是金红，带着珠玉般的润泽和亮色。小时候有五分钱也不容易，买是不会买，看却看得多。有时间就跑那有樱桃树的人家去，也能得到一捧樱桃的招待。

我在县中学教书，中学后边是铁路线，铁路线里边就是几条顺山势而形成的山沟，人们统称为樱桃沟。那儿八十年代发展樱桃栽植，家家户户的房前屋后都植了樱桃树。到了春天，沟沟峁峁都是花团。到了 5 月，樱桃在绿叶中变红，那沟沟峁峁又都是累累硕果。

樱桃是娇嫩的水果，过一夜也会变色变味，失却了鲜嫩。

采摘也费功夫，既不能伤树，也不能伤果，所以采摘都是小心翼翼，一个大人一天也采不了两篮子。所以种植了樱桃，要外卖还是比较难的。有两年，那个地方的樱桃卖不出去，乡里人把樱桃担进县城，卖价却是三毛钱，连采摘的人工费都不够，所以有个老农一气之下就把卖不掉的樱桃倒在了路边。后来那儿发展观光农业，家家户户都搞农家乐，樱桃沟成了附近县城人这个时节赶春看春的好地方。

1988 年我在西安上大学，到西安交大去找同学，那个学校有一条樱花大道，我第一次见到日本的樱花。开始还以为是老家山里的樱桃花呢。可是那樱花花朵更硕大而丰厚，色彩更艳丽而水嫩。这才知道，这是真正的樱花。

这是纯粹的花树，并不长水果。是花树就是为了开放的，所以它把所有的力气都用在这一场早春里的盛大绽放上了。樱花的颜色是红的白的粉的，花瓣娇嫩而润泽，是樱桃花所不能比拟的。

人工修剪之后的樱花，一团团一簇簇，成为早春季节里让人陶醉的景致。比起山里的野樱花，它洋气得多，奢华得多了。

只恐夜深花睡去

一

　　大概是初春时节，我和几个朋友走在一条新修的山路上，中间遇到一处堵塞，工人正在开路，我们只好把车停下来等待。这时节还稍有些凉意，但路边小草已经十分青葱，阳光下远山如烟云弥漫的梦幻海，近山如陈旧疏朗的老画屏。

　　我的目光在近处枯瘦的林间搜索，想要找到一些春景。果然发现一星闪烁，于是攀上崖壁，找到这一星亮斑：原来是一棵海棠。

　　样子长得野，有一棵粗壮的老根，但似乎被谁从根部折断，又在老根上发出一枝嫩条，在这嫩枝尖梢，垂悬着几点花苞——

　　如同野丫头，在僻乡荒野，也有了一派青春少女般放肆的明媚。

　　我实在爱极了这棵海棠：没想到海棠是这样生长在瘦削的山坡上，我原本以为海棠是十分娇气的。特别是垂丝海棠，给人感觉是一种娇弱羞怯的花，是小家的碧玉，也是大户的瑰宝。

　　我喜欢这份野气，所以我从来不把山野里的东西带回家，不管是一棵兰草，还是一块怪石，更甭说一棵可能长了几十年的野树了。但这一次，我实在忍不住独占的贪念，找来工具，把这棵老树根挖出来，用塑料袋装了一些老土，视若宝贝，带回来。

　　同路人都觉得这是一份奇遇。这棵造型奇美、准备开花的老海棠，的确需要相遇的缘分。

　　我根本不敢剪枝，回来立刻培土装进一只大盆。我不期待它一夜花开，只希望能趁着春光把它护好养活——就像美好的爱情，不期待瞬间灿烂花开，而在乎这一份美好的期待。

二

　　古人有好诗句：投我以木瓜，报之以琼琚。现代人十分功利，会把这理解为一种投资、一份交换。美好的诗意顿时荡然无存，只有可恶的庸俗价值；美好的爱情变成了人际交往学，人间也就没什么可留恋的了。

　　之所以想到这句诗，是因为海棠和木瓜是姊妹。它们的样子一模一样，开出来的花也十分像，不过木瓜花多是红色的，而海棠我更喜欢这棵老海棠开出的粉色：它十分像少女的肌肤，红润娇艳，吹弹欲破；粉嫩清美，不染尘滓。

木瓜这名字实在太土气，海棠这名字实在是太奢华。但它们的来历其实是一样的：都是山野的疏野贫贱之物。

有一次我在北大的校园里边，看到几棵又高又大的花树，满树繁花，开得春天热闹极了，我以为是苹果花，走近了看才知道是海棠。但另一次我在秦岭深山的一户村人家，也看到一棵海棠，长在篱笆边，也开得星光灿烂，十分可爱。

海棠这名字虽然高雅，却上得厅堂，下得厨房，实在是贫民之花，体现了大自然的公平。

木瓜据说有很好的滋味，虽然名字很土气。它开出来的花和海棠一样，但很少有人去疼惜它——就像那些老茶树，在野山上长了几千年，没谁在意，连雀鸟也不喜欢在它们这里筑巢，但它们却被爱茶的人视为珍宝。

你可能很难分清一树海棠和木瓜的差别，在山野生长，并没有谁特别疼惜它们——海棠也罢，木瓜也罢，都长得像野刺梨，这叫大自然的公平。

从这个意义上讲，木瓜和琼琚具有同样的价值——就好比在爱情中，灰姑娘和王子有着同等的高贵。

三

老海棠被我养死了。到了夏天我摸着它粗壮干枯的老根，感觉十分心疼——后悔把它从山野带回来，就这样无端害掉了它的命。枝梢上的几颗刚刚长出来的花苞，日渐枯萎，最后枯干了——我始终没看到它们开放的样子。

想起了东坡的诗句：只恐夜深花睡去，故烧高烛照红妆。

我以往不太相信这诗是东坡写的，他那么一个疏狂的人，很不适合写这种句子。

但这一次我信了，我几乎每晚都会在窗台边看几眼这棵海棠，但最后它终于还是睡去了，我连它的红妆都没看到一眼——实在是太残酷了。

大概有三四年，我都对这棵老海棠感到愧悔：我把这只茶杯粗细的老根一直保留在一只花盆里，甚至还偶尔为它浇浇水，甚至有时候也像惜花人东坡一样，恨不得秉烛夜照，期盼它奇迹般地长出一星花苞……

一棵花树不是因为贫瘠错过了春天，而是被野蛮粗暴地剥夺了花季，那该是世界上最残忍的事了。

东坡这句写得好啊，睡去的不是花，而是一段好时光。

四

昨天经过一座小镇，在街头短暂停留，忽见街边有卖花人，摆出一座花阵：几十棵茶花长得蓬勃，红色粉色的花苞已经整装准备亮相了；玫瑰和月季枝条娇嫩，尖梢上举着玉雕似的花苞；还有烂漫的草花，已经急不可耐，红粉朱紫，烂漫可人……

春草上阶绿，春花照窗明。多好的时节啊，我突然就被其中几棵海棠吸引住了：细枝柔曼多姿，枝头冒出几叶嫩红嫩绿的小叶片，花苞紧紧贴在枝条上，已经待开了，有红色的像红烛，有粉色的像胭脂。

我几乎没和卖花人讲价，就挑了一棵买到手。

这不是城里的卖花人，这棵海棠几乎没做修剪，保持了很野的长势。城里的卖花人就像龚自珍《病梅馆记》里边所写，会把枝条扭曲成各种造型，会把树干修剪成各种姿态——对于我来说，把这棵海棠养活，让它开出烂漫的花，就是最美好的想法。

装进盆里放在窗台上，让它的枝梢迎着阳光雨露，仿佛它已经活了，是来为那棵我野蛮养死的老海棠续魂的。

过了忙忙碌碌的两天之后，我很晚回家，第一件事就是跑到窗台边，看我的海棠：只恐夜深花睡去，故烧高烛照红妆。

还真的幸运，它的花苞绽放了，粉白如玉，娇嫩欲滴，像婴儿的肌肤。它不愿意错过季节，我也欣喜它拥有了自己的春天。

这一回，它应该好好活下去：我非优秀的护花人，但我有美好的惜花心。

快乐的土豆

一

前几天去乡村，走进一户人家，看到他家堂屋里堆了一堆新土豆，我觉得很意外：按照节令，这时节土豆应该才开花呢。主人告诉我：现在都种地膜洋芋，这两天刚收了这些。看着湿漉漉的刚从泥土里扒拉出来的新土豆，我就好像闻到了蒸熟的土豆或者清炒土豆丝的香气，顿时有些馋涎欲滴了。

我们小时候土豆是山里人家必须栽种的一种粮食——是粮食而不是蔬菜，因为在冬季它往往成了主食。平常做米饭，也要混搭一些土豆在里边，这样吃着香，还省米——我们山里坡地多水田少，收点稻谷那是很金贵的。

因为土豆这么重要，每年正月初五破五动土，第一件事就是去松土准备栽土豆。这也正好还在过年时节，乘着家里过年备了吃的喝的，会叫来亲朋邻居帮忙，这时候地里就很热闹：

有专门的人挖窝，小孩子和女人们负责丢切成块的土豆种子，后边跟着上肥的——农家肥、火灰肥、化肥……整个就是一条流水线。因为还在正月里，干活儿就很热闹，一边干一边聊天吹牛，没干活儿的也跑来地边看大家干，听大家聊。

到了下午饭时，这块地已经变成了一行行整整齐齐的土垄了——松软湿润的泥土下，埋着土豆块，过上一个多月，它们就会长出一两片小叶子，迎着阳光，绿油油的，圆润如珠，十分可爱。

大家收了工，回来吃饭，酒肉早已摆好，还是过年的那些菜，煎炒烹炸应有尽有，大家都洗了手上桌子，男人们开始喝酒，大声劝酒，划拳，直到有人喝得脸通红了，才泡上浓茶，点上旱烟，一边抽烟，一边喝茶闲聊……

二

把栽种收割都变成节日，这是我小时候对农耕生活最愉快的记忆。其实土豆是家家户户都要栽种的，也是最普通的粮食，但山里人栽种土豆也像过节一般，要聚一大帮亲戚邻居，要好酒好菜，活儿干得热热闹闹，干完活儿喝酒吃饭也吃喝得热热闹闹——整个记忆不是劳动的辛苦，而是节日的愉悦。

很少有人想到这一层：这是传统农耕社会带给人们的一份独特享受。

我特别喜欢看新长出来的土豆叶片，它们开始小如指甲盖，但圆润翠绿，就像两块小小的碧玉。春天的阳光和风一来，它们就钻出地面，见天长，最后长成了苗，一簇簇地覆盖了冬天里那些荒凉的泥地。

土豆苗周围也同时开始长草：最喜欢长的是一种鹅肠草，孩子们每天到地里拔了它当猪草，这是农村孩子的一个劳动任务；还有一种就是荠荠菜了，我们那时不吃这个，因为它粗糙，不好吃，后来它成了山野菜中的新宠。

在地里给土豆拔草除草，看着土豆苗天天长大，眼看着就长出了花骨朵。我以往从来没注意过土豆的花，因为它太平常了，一点也不惊艳。

有一次去乡村，站在一大片小花盛开的土豆地里边，突然发现这土豆花竟然如此好看，就像我小时候看到刚长出来的两片小叶时的感觉一样。它像一串白色的粉色的铃铛，一嘟噜一嘟噜，既不扎眼，也不灿烂，它是平实的，但细看却十分有味儿。

我从来没见过哪个画家画过土豆花，但我相信它更适合入画。汪曾祺曾经被下放到张家口的土豆研究所，他一个作家被下放到土豆研究所，不知道能干啥，后来都知道他能画几笔画，于是他给研究所画土豆，我看到过汪曾祺画的土豆，还蛮可爱的。不知道他画过土豆花没有？

三

如果不细心品味，我们永远也不会明白造物主的精彩，就连这普通的土豆花，它也造得如此精致美丽：它的花串，就像清脆的铃铛；它的粉色白色的花瓣，就像纯美的调色笔；它的同样让蜜蜂喜欢的花粉，就像珍珠粉……

在山边粗糙的野石上，覆盖着一层青苔，就像三万年前它们的样子。到了春天，这些青苔长出了绒毛似的新芽，然后开出了芝麻大的小花。如果你把这小花放在显微镜下观看，一定会被它的色彩、形状和质感所震撼。

这就是大自然的杰作——万物春发生，各展其妙姿。

小孩子贪吃，我小时候最盼望的，就是那新土豆出土，不管是烧来吃，还是蒸煮烹炒，它应该都是世间美味！因为到了农历四月，去年的土豆都已吃完，新土豆还没接上，这东西并不稀奇，但一个月不吃，你会很想它：那一点点粉粉的浓浓的香。

四

后来我知道东北有一道人人都爱的菜，叫作"炝土豆丝"——所有的孩子从小都吃这道菜。因为新土豆做的炝土豆丝最鲜美，所以在东北，新土豆进城的那一天，就像节日一样。

想着这个节日，我就想起了几岁的时候，妈妈交给我一个小竹篮，让我去地里摘青辣椒。菜地离家不远，进到地里，我被惊呆了：它们像是一夜之间长大了，每一棵辣椒树的枝头都挂满了青翠饱满的辣椒，弯弯的尖尖的，尖梢上还挂着一颗圆圆的晶莹欲滴的露珠！

这让我不忍心去摘这些辣椒了。

在地里磨蹭了许久，我才提着篮子回去，篮子里装满了青翠可人的辣椒——我妈已经切好了土豆丝，等着这些辣椒呢。

青辣椒炒土豆丝，这个菜，让我想起了泥土里刚刨出来的土豆，还有那些挂着晶莹露珠的嫩生生的辣椒。

妈妈眼中的鸟虫

　　一只小甲虫闯进了我家的厨房，它大概迷了路，趴在墙上一动不动。这是它自我保护的一种方式，在它的生存环境中，种族的天敌很多，每一刻都面临生死危机，它用这种假死的方式来迷惑敌人，获得逃生的机会。

　　我妈去捉它的时候，它就立即掉落在地上，蜷缩成一小团，像是真的死掉了。我妈把它轻轻拈起来，打开厨房的纱窗，放在外边窗台上，不到一分钟，它就飞走了。

　　对于所有来到我家的活物，我妈都十分友善：一只甲壳晶莹的金龟子，一只斑点绚丽的瓢虫，甚至一只讨厌的蚊子；一个收废品的老人，一个送水工，一个走错了楼层的陌生人……多年来我们移居一座城市，住进楼群中的某一座，经常让我想起古老的森林祖先，他们在树上建起居室，清晨起来，朝树下走过的邻居们打个招呼，这些住户都是自己的亲戚。

　　我妈经常会把站在门口的陌生人请进来，坐在我家客厅的沙发上，倒上一杯茶和对方说话。在她看来，这些来到我家的陌生人也和飞入我家的陌生虫子一样，都像是亲戚。

在这样一座城市里，我们几乎没有什么血缘亲戚，来我家的除了我们的好友，就是别的陌生人。飞错了地儿的虫子们，它们可能也是这座城市的寄居者，跟我们差不多。

我们像别的子女一样教育七十多岁的老娘：不要跟陌生人说话，别把陌生人请进家门，因为并非每一个站在你家门口的陌生人，都是怀着善意的。在一座人口拥挤的城市里，入室偷窃、行骗，乃至抢劫的人，比阴暗角落里的老鼠和蚊虫狡猾凶狠得多。

但这一课对我妈是无效的，她依然放一些陌生人进我家，也同样把一些美丽或者丑陋的蚊虫放生出去。在她心目中，任何有生命的东西，都是我们在这座城市的亲戚，理应受到亲善的对待。

每天中午和下午，我妈都会摆上这样一桌盛宴：洒在地上的米粒豆粒，剩下的米饭或者土豆、菜叶子，都被她收拾起来，放在厨房窗台上的盘碗里——不到一会儿，几只鸟儿聚在这里，悄悄享用这顿美餐。

我十分怀疑城市里的鸟儿们都发生了生物学意义上的进化：它们在我家厨房窗台上聚餐，却不像我在乡野里看到的那样，叽叽喳喳吵吵嚷嚷，就像我们人类的酒局——不吵不闹没意思。

这些鸟儿们悄悄地进食，很少发出吵闹声。

我偶然发现了我家窗台上的饭局，这些食客们聚在一起，像是家养的，它们十分讲究礼仪，你一嘴我一嘴，不争抢不打闹。

麻雀像是一群天性活泼的孩子；鸽子们则像是一群穿礼服的绅士；还有像八哥的黑色鸟儿，就像一个独行侠客；有不知道何处来的山雀，是一些漂亮的野丫头……这些亲戚们天天在我家窗台上聚会，它们把这当成了客厅，我妈早已经在沙发上打盹儿：随你们自便。

也只有亲戚才有资格受到这样的对待：你们来了，就把这当成自己的家吧。

城市是人造环境：水泥马路，钢铁栏杆，玻璃广告牌，钢筋水泥的楼群，喷吐油烟的汽车和小吃店，放送喧嚣的店铺音响……

在这样的人造生态中，鸟类很少——这不是它们理想的居所。自从我们寄居在一座城市，我越来越少看到鸟类。

它们是人类的远亲。人类从茫茫大海里爬出来，变成陆栖动物，鸟类可能是桥梁。

我妈并不懂这些生物进化和环境演变的知识，对她来说，这些来到我家窗台的鸟儿，就是可以善待的亲戚。

小时候生活在乡村，哪家房前屋后都有很多树木，这也是鸟儿们天然的家园。喜鹊随意落在门口；麻雀和鸡仔一起抢吃的；鹰从天空掠过，有时候甚至敢于袭击家鸡；长着漂亮尾羽的锦鸡和吵吵闹闹的野鸡就在不远的树林边开会；啄木鸟半夜里还在敲打屋后的一棵老树……

如果没有这些鸟儿们，村庄不像村庄，居所也不像居所。如果你居住在乡野里，却听不到鸟鸣声也看不到这些鸟儿们的身影，那可能带来难以想象的恐怖感——不像在人间。

在几万年的生存进化史上，人类驯养了很多鸟儿，把它们变成了家禽，为我们提供肉食和蛋白质，改善我们的胃口，成为我们的宠物给我们带来精神快乐，有的还变成了渔猎和通信的帮手……但它们更像是亲戚，而不是奴仆。

人类驯化的鸟类毕竟是少数，多数鸟儿依然保持着野生的天性：种族自我繁育，天生自由飞翔，逃避和抵御天敌，千里奔走谋求种族延续……

一只体重只有 2~3 克的蜂鸟，你难以想象的微小，仅有几枚分币的重量，在 3200 公里的迁徙途中，它需要以每秒心跳 21 次、翅膀扇动 60 次的高强度运动，来飞越茫茫大海。连续飞行十几个小时，既不能补充食物，也无法停下歇息。

当我想到一只袖珍的蜂鸟的生命奇观，就涌起一种神性的崇拜感，我们人类自豪的是我们进化成了现在的样子——位居食物链的顶端，过着舒服的日子，强大到没有任何一种生命能够敢于敌对。但是比起一只蜂鸟来，我并没有什么骄傲感。

我因此把任何一只鸟儿都当成我们在一座城市里的亲戚，

它们是与人为善的，也是亲切可爱的。它们让我涌起一种作为生命体的快乐感——如果没有了虫鸟、草木，我们的城市全是些走动的两足动物，该是多么单调而无聊啊。

我上下班的途中，会走过几条有树的街道：街边种植着香樟树，有着挺拔的树干、绿云般的树冠，这种美丽的观感，让人很舒畅。

一座缺少树木的城市，也就失去了许多自然的鲜美。一座缺少大树的城市，让人感觉像一个土气的暴发户，既没有体面感，也缺少教养。

这座城市没有大树，在历次的城市改建中，那些承载了丰厚时光和久远教养的大树，被消灭了。多年以后我们才发现自己的粗糙和不体面，栽种树木比建造人工花园更有意义：一棵树往往就是一个完整的生态系统。

树木通过光合作用可以把阳光、雨水和大地的营养，变成虫鸟和其它微小生命的能量来源；树木还净化空气，使生存环境更利于各种生命延续；一棵树就是一个缩微的地球，通过能量循环，养育各种生命。

我走在这些高大的香樟树下，能嗅到原生的草木的清鲜气息：这是一种自然生命的气息。樟木有一种特有的香气，让人感觉呼吸鲜香，是美好的享受。在秋天，樟木的果子成熟了，掉落在街面上，整个街道都散发出一种果酒的醉人气息。我捡起一颗樟树果子，它是紫黑色的，像所有熟透了的野果，甜香发酵，有了酒香。

一阵扑簌簌的响动，更多的果子啪啪掉落在街道上，从香樟树绿色的树冠里，飞出了一群鸟儿，它们可能是麻雀，也可能是别的群居鸟儿，它们离开饱餐的宴席，像云一般飘浮在城市的低空：我顿时惊呆了，我从来没发现，这城市有了这么多的鸟儿。

这算是忙碌劳累的城市生活中的一刻惊喜，由于我们补种树木，鸟儿多了，它们是我们的亲戚，它们愿意和我们生活在一起。

按照一种现代演化论观点：我们人类占据的这座星球，最终可能会被大自然收复。到那一天，我们人类灭绝了，我们的这些人造工程——城市，公路，工厂和大坝，军事设施和博物馆，纪念碑和科技馆……都将被别的生命占有并且消化，直到那些不知名的草木，进化了的虫鸟和兽类，乃至能吃塑料的微生物，它们占据了我们的地盘之后，开始进行另一个时段的生命自然循环运动。

我们很难想象这样的结局，很可能它将变成真的。

但是绝大多数人都不愿意这么想象，当然也更不愿意去产生一点怜惜感，对一只在城市里奔命的小虫子、小鸟儿。

只有我妈用最朴素的行动给我上了一课：善待这些亲戚，我们在城市里居住的时光，可能感觉会稍微好一些。

虫这一辈子

一

法布尔的《昆虫记》读过很多次，前两天又翻出《蜣螂》来推荐给朋友们读。突然想起小时候在地里干活儿的时候，经常是在挖土豆挖红薯时，猛然会从泥土里刨出来一只白白胖胖的虫子，个头都不小。后来意识到这一般都是蜣螂的幼虫，蜣螂又称屎壳郎，或者叫作食粪虫。

说实话，看它这个名字，的确让人觉得不雅，大概在虫子里边也属于很低贱的一类——如果虫子也有高低贵贱之分的话。

创造这个世界的神，并没有给这个世界上的万物分出等级来。生命的生发和演化，其实也无所谓高低贵贱。

比如在进化论意义上很"低级"的一只蠕虫或者一根古老的铁线蕨，它们未必比新进化出来的哈巴狗或者人工兰花更贱更低等，生命形态可能不同，但万物有灵，万物也因此平等。

如果某个人觉得细菌比人更低级，他死后却会被细菌吃掉；如果某人认为经过基因改造的婴儿比一只袋鼠仔更高贵，那可能仅仅出于人类的虚荣心，而这种虚荣心，没有任何一个动物或者植物在乎，也许在它们眼中，人类的虚荣是一件很可笑很荒唐的事。

二

想到这些，我就想起在泥土里那只白白胖胖的大虫子——它还在婴儿状态，如果不是人类的粗暴作业，它依然在泥土里边的暖床上成长，饿了就吃点儿在它还没出生前它妈妈就给它准备的点心，吃饱了就睡着了，就做美丽的梦。

在电影《微观世界》里，一只蜣螂的劳作让观众感慨不已：她用了很长时间，团出了一个粪球，外边经过她的精心作业，变得光润圆滑，这完全符合物理原理，一方面球形便于滚动搬运，一方面光滑的外表有利于保护粪球里边的水分，有保鲜效果，便于虫婴儿幼嫩的牙齿和肠胃能够食用和消化。

团出这个精美巧妙的粪球之前，她已经把卵产在了粪球中间——这儿既温暖又湿润，便于生命的成长；当虫卵孵化之后，这只粪球就成了幼虫的婴儿床和点心店。

《微观世界》的微距镜头把一只虫子的一生展示出来。她劳作不休，把这只粪球做好之后，开始搬运……

三

漫长的搬运途中，她显示出比人类更勤劳、更高贵、更锲而不舍的品质。

如果我们想想金字塔修建的场景，这人类的浩大巍峨的建筑，是文明史上的奇迹，但是，修建这金字塔的，是无数的奴隶和战俘，他们是在士兵的鞭子和刀剑下努力工作的，他们会倒下，他们会怠工，他们会愤怒地罢工，会悄悄反叛……

而一只食粪虫，几乎是很自觉地完成一项浩大的工程，她的劳作是孤独的，她有极强的自觉性。当她把一只粪球推上坡的时候，这只粪球在重力的作用下，突然滚下来，这下落的力度连她自己也抵挡不住，尽管她一直避免这种事故的发生……

于是，她又从坡底重复这项工作，就像人类里边被天神惩罚的西西弗斯——他因为被诅咒，不得不一次又一次徒劳无益地向山顶推一块石头，这块石头不断地滚落下来。

这只食粪虫巧妙地避免了另一次事故，她会把小石子推过去，阻挡粪球的重力下落。她会改变方向，让粪球滚向离终点更近的方向。

四

然后，她的粪球遇上了一块小石子——只有粪球的十分之

一大，但它卡住了粪球，让这只粪球不能前进也不能后退……

做了很多次努力之后，食粪虫开始去推这块小石子，看起来她既无奈又固执，试了很多次，反正她把那块小石子给撼动了，只是轻微移动，粪球也开始松动了……

她成功了！

看到这个场景，我们这些人类，忍不住为她鼓掌，甚至，我有一种想流泪的感觉。作为人类，我们永远不知道一只渺小的虫子，她有着怎样的艰难险阻，她这一辈子，为这只粪球耗尽了。只是一块小小的石子，人类的一个婴儿都可以轻而易举地解决，但对于一个食粪虫母亲来说，这是她生命路途中一座遮住云天的大山。

这只食粪虫把她的粪球推到了终点，她将要把这个粪球埋在泥土中——这也是她孩子们的婴儿房和暖床、餐厅和睡房。

她用了半生，来完成这个伟大的功业。

此后，宝宝们将在暖房中醒来，饿了有新鲜的食物，饱了能安然进入梦乡……食粪虫变成一层空壳的时候，婴儿们变得白白胖胖，那就是对母亲最好的报答。

五

我们身边生活着无数的虫子，小的也许能够在我们的指甲盖里生存，大的也许需要一座巢穴来安居。它们有的拥有精美的器官，比如蜻蜓的眼睛，蜗牛的壳。它们有的能在永久性的冻土层下边沉睡两万年，有朝一日醒来，又是一条活生生的虫子。它们有的与我们人类休戚相关，和我们同生共死。

我永远不敢说虫子更低贱更低级，也不会觉得我们自己很高贵很高级——无论多么"高贵"的人，都难免被虫子啃噬；无论多么"低贱"的人，也都能从虫子的奋力拼搏中获得生命的骄傲感。

多数虫子在人类眼中渺小而可以随意践踏，但谁也不敢说，他这一辈子，一定比一只虫子更有力量，更智慧，更优秀，更该充满傲慢。

九月鹰飞

一

在我六七岁的时候，我很想要一只鹰。那个年代在山里边长大的孩子，没有什么玩具，也没啥游戏。最忠实的玩伴往往是一条狗，当然狗也是孩童的卫士。小孩子的心思是，抓一只鹰来养着，是很有范儿的——有了鹰犬跟随，就算是个孩子，也有了一种大爷范儿。

这就像当年红火的上海滩剧情：黑帮老大出门，后边跟着两列提着刀斧的马仔，个个黑衣黑裤黑眼镜，光着膀子，膀子上还要文一条龙。有鹰犬跟随的日子，就是一个山里孩子的江湖大梦。

就连苏东坡这种文艺范儿，也有这样的梦想：左牵黄，右擎苍，锦帽貂裘，千骑卷平冈，为报倾城随太守，亲射虎，看孙郎。九月是狩猎的季节，猎狗长得滚圆强壮，苍鹰跃跃欲试。江东孙家的两个儿子孙策和孙权，都喜欢在狩猎季节亲自上山打猎：孙策是被暗杀在打猎的时候；孙权也喜欢打虎，还造了个射虎车。

在山里，狗是家家户户都养的，而且多半都属于猎犬。但养鹰的就很少了，因为鹰还是野性未驯的。

人类饲养由狼驯化而来的狗，那是经历了几千年的；鹰的驯养就更难，因为鹰是需要在天空飞翔的。人可以用一条狗链把狗拴住，但却没有那么长的链子能把鹰拴住，它若不能飞翔，就不叫鹰，而变成鸡了。

二

在山里边行走，你经常会在树林草丛见到一蓬鸟羽，都知道这是鹰掠食留下的痕迹。老鹰抓小鸡是个游戏，但我小时候经常见到这种情景。有时候你突然看到天空中一个影子划过，然后听到鸡的尖叫，大家都知道，有一只鸡遭殃了。大家对这种猎杀见惯不怪，好像这是天经地义的。

村里有个大胆的小青年抓了一只鹰，编了个笼子养起来，这也让我很羡慕嫉妒。不过这件事并没有成功：这只鹰很烈，几乎不吃不喝，最后死掉了。

我得到了一个教育：鹰是不可以驯服的，你将它装在鸟笼里，它是不会习惯的；鹰对你给的一口吃的，给的一个舒服的住所，也是不喜欢的。

虽然鹰犬经常被并列，但实际上鹰并不是家养之物，人类从来没有把它这个种族驯养成功过——它天生属于天空，而人类本身是不会飞翔的。这叫作非我族类，不可同日而语。

岩鹰的巢穴筑在陡峭的悬崖峭壁，一般鸟都是飞不上去的，兽类就更是无法企及。鹰喜欢在天空飞翔，你经常看到的，是它们飞得和最高的山峰一样高，它们的身影在天空划出一圈圈弧线。

春天是小鹰出生的季节。有一次我爬山，在一道山梁上坐下歇息，忽然听到了一阵阵的叫声。向对面的高山一望，竟然有那么多的鹰，在山边飞动。这是小鹰练习飞翔的时节，大大小小的鹰在山边一圈圈盘旋，一边发出叫声，一边在山的暗影中画出一道道优美的弧形。这是很动人的情景，大鹰带着小鹰飞翔，用它们那种缓慢、大气的方式飞翔，像是滑翔机在天空划过。它们不像受惊的小鸟，飞得连翅膀都快扇断了；它们更像是天空的王者，在巡视大地。

人在大地上很难想象这种俯视的感觉，所有的山峦和平地，沟谷和河道，都不过是它们眼中的一些痕迹。

所有的小鹰长齐了翅膀之后，必须飞翔——只有飞起来，才能俯视大地万物，这个时候鹰眼才是真正的"鹰眼"。

春天生出的小鹰，到了秋天就长大了，它们体格变得健壮，能自由飞翔了。这时候它们变成了真正的狩猎者，在大自然食物链的顶层，它们依从了天意——依靠猎杀来喂饱自己的肚腹。如果说一只小鸟伸嘴就可以啄食小虫，一只野兔张嘴就能吃草，那么一只鹰要喂饱自己的肚子，是要费更大的力气也冒更大的风险的。所以，这些飞翔在天空的猎杀者，需要速度、力量和敏捷。

三

很难想象一只敏捷强健的鹰，能够给笨笨的人类效犬马之劳。人类存在的几百万年来，鹰这个族类从来就没成为家禽，这可能也是上天的法则。

鹰不可以效犬。摇尾乞怜的事儿不是鹰的事儿；富人家的狗冲着所有穷人汪汪大叫，鹰也是做不来的。

九月鹰飞。少年时代每到秋天，我都喜欢站在山梁上看鹰。自打我知道鹰是无法驯服的这个道理之后，我不再想着养一只鹰了。

一只鹰，从山峰一侧划过，它在天空盘旋、滑翔，它的身影和它画出的弧线，都十分漂亮。

没有哪种鸟能够飞这么高，没有哪种鸟能够这么轻盈舒缓地滑翔，它是真正的"天之骄子"。它的视域也极广，所以人们模拟它眼睛的构造设计了"鹰眼"。

那些喜欢装大爷的，会带几个像狗一样露出一脸狠的马仔，觉得很有范儿。这些总想要带着鹰充大爷的，往往却并不知道，在鹰的眼中，你跟个鸡其实差不多。

神秘的铁线虫

在我们的孩童时代，这是最恐怖的虫了。对山里孩子来说，大部分虫子都是玩物，唯独这个铁线虫，它来得蹊跷，传说更为神秘，所以在童年几乎算是一个禁忌。

通常，在雨季或者比较潮湿的天气里，会见到这个虫子。它就像一根黑色的丝线，弯弯曲曲地躺在水洼中。它几乎不动，不像活物。

有可能你见到的就是一条虫子的尸身，但是很多时候它其实是活着的。

铁线虫在孩童时代带给我们的恐惧感似乎一直没有消失，现在若是在潮湿的地上看到这么一条细细的黑色丝线，我也还是会下意识地打个寒战。

这种恐惧感来自一些让人惊骇的传说。

铁线虫的来历。

　　小孩子们都知道，铁线虫是从螳螂肚子里出来的。

　　螳螂怎么会生铁线虫？小孩子听到这个，自然会很害怕。

　　这是一种很怪异的感觉，所以让人心颤，比如猪下了个象，狗生了只癞蛤蟆——世上还有比这些事更可怕的吗？

　　实际上铁线虫是螳螂和蝗虫之类虫子身体里的一种寄生虫，它们成熟的时候，就会使出一种"魔力"让螳螂来到有水的地方，然后它们就钻出来，得见天日。

　　铁线虫需要生活在水里，在别的地方，它们就算钻出螳螂肚子，也只能被活活渴死。这就是为什么我小时候常常在下雨的时候，或者在水洼湿地上看到这种可怕的虫子。但无论铁线虫是死是活，对于螳螂来说结局都是恐怖的：既然铁线虫从螳螂肚子里钻出来，那螳螂也就只有死路一条了。

　　一个虫子为了生，就得让另一个虫子死，这种残酷，就是恐怖之源。

　　铁线虫的不死传说。

　　小时候大人传给我们的经验是，铁线虫虽然看起来像是一尺长的细线，但是传说中它却比任何丝线都结实。据说它若被拦腰截断，自己会想法重新接起来。

　　这个简直是神功了。

　　我小时候最大的疑惑就是，这玩意儿若是被截断，它的两节残体是怎么跑回去，又接在一起的？实际上这个传说是无稽之谈，铁线虫是线形动物，它是没有能力自己把身体的两半接起来的。

孩子好奇，见到这东西，就把它斩为两段。但是从来没见过它自己接起来。它若是从螳螂的肚子里钻出来，没有在水边，也只能是一死。所以这个不死传说，大概是为了增加恐怖感的人为想象。或许，它有像壁虎断尾自生的能力，这个就无从得知了。

还有一个对小孩子来说更可怕的传说。

大人们告诉我们：若是铁线虫缠住了你的腿脚，你就完了。它会一直缠下去，像一条不断收缩的铁丝一样，越来越紧，越来越深，一直缠下去，最后勒断你的腿脚。这个传说多半是为了吓唬小孩子的，实际上铁线虫没有这种攻击力，但是在小孩子听来，这是世间最可怕的事了。恐惧感是由想象带来的，想一想这么个细细的东西，能把人的腿慢慢缠断，那真是让人胆寒啊。

小时候见到铁线虫，总是要躲得远远的，生怕被它缠上腿脚。胆大的自然要找根树棍，去戳断它；或者是找块石头，远远投过去，砸断它——看它是否能让自己连接起来。做这些事的时候，就算是最大胆的孩子，也离得远远的，好像那东西会飞起来，缠住我们的腿，甚至是脖子，那太可怕了。

人对很多东西的恐惧，都是出于神秘感。

农村人不知道铁线虫是一种什么玩意儿，它被妖魔化了。其实它也就是一个没有反抗力的小虫子，细得像一根线，生而无家，只能依赖螳螂的肚子遮蔽风寒雨冷，它虽然一出世就要了螳螂的命，但是外面的世界却充满危险，没有水的地方，就是它生来的坟墓。

说起来更可怜的当然就是螳螂了，它看起来那么威武善跳，能挥刀斩敌，却终究做了铁线虫的食物和房屋。

大凡世间让人感觉阴森恐怖的东西，都有这么些特点——

它经常躲在阴暗的地方，比如蛇，它不喜欢光明，太燥热的时候它会拼命朝着有水的地方跑，急了它能从地上"飞"起来。

它往往是潜伏者和伪装者。利用拟态方式伪装成一段枯枝，是某些蛇虫捕杀猎物的擅长手段。

最要命的一点是，它可能钻进你心里，当你用友情哺育它的时候，它把你干掉了。

第四辑：

幸〜福〜源〜泉

用阅读开启春天

一

几乎每个春天，我都想以一本书来开启，这就是川端康成的名作《古都》——

千重子发现老枫树干上的紫花地丁开了花。

"啊，今年又开花了。"千重子感受到春光的明媚。

在城里狭窄的院落里，这棵枫树可算是大树了。树干比千重子的腰围还粗。当然，它那粗老的树皮，长满青苔的树干，怎能比得上千重子娇嫩的身躯……

枫树的树干在千重子腰间一般高的地方，稍向右倾；在比千重子的头部还高的地方，向右倾斜得更厉害了。枝丫从倾斜的地方伸展开去，占据了整个庭院。它那长长的枝梢，也许是负荷太重，有点下垂了。

　　在树干弯曲的下方，有两个小洞，紫花地丁就分别在那儿寄生，并且每到春天就开花。打千重子懂事的时候起，那树上就有两株紫花地丁了。

　　上边那株和下边这株相距约莫一尺。妙龄的千重子不免想到："上边和下边的紫花地丁彼此会不会相见，会不会相识呢？"她所想的紫花地丁"相见"和"相识"是什么意思呢？

　　紫花地丁每到春天就开花，一般开三朵，最多五朵。尽管如此，每年春天它都要在树上这个小洞里抽芽开花。千重子时而在廊道上眺望，时而在树根旁仰视，不时被树上那株紫花地丁的生命打动，或者勾起孤单的伤感情绪。

　　"在这种地方寄生，并且活下去……"

　　来店铺的客人们虽很欣赏枫树的奇姿雄态，却很少有人注意树上还开着紫花地丁。那长着老树瘤子的粗干，直到高处都长满了青苔，更增添了它的威武和雅致。而寄生在上面的小小的紫花地丁，自然就不显眼了。

　　但是，蝴蝶却认识它。当千重子发现紫花地丁开花时，在院子里低低飞舞的成群小白蝴蝶，从枫树干飞到了紫花地丁附近。枫树正抽出微红的小嫩芽，蝶群在那上面翩翩飘舞，白色点点，衬得实在美极了。两株紫花地丁的叶子和花朵，都在枫树树干新长的青苔上，投下了隐隐的影子。

二

这实在是太美了：一位心灵柔软娇嫩的花季少女；一棵刚刚长出脆生生枝叶的老枫树；两株明丽的小小紫花地丁；一座古都在千年之后的某个春日早晨醒来，感受着和风吹过古色古香的院子；成群的白蝴蝶在晨光中飞过……

如果不是怀着千百倍的爱恋，谁能写出这样的文字！

在这里，自然和人融为一体：人与草木虫鱼的生命，都一样可爱；人与阳光风雨，命运如此相关。

在我二十多岁的时候，我在一所学校教书，天天跟一群青春年少的学生在一起。无数个美好的春天，他们得坐在沉闷的教室里，宛如命运的囚徒，只能看到窗外的树枝泛绿。

这时候，我会推荐他们阅读这样的书，用阅读来开启春天。

我许多次朗诵这些关于春天的诗文，感觉唇舌间有了春天草木的清香，有了野花野草的芬芳……我抄写了这些句子，落在纸上的痕迹，宛如春天在大地上写下的点点嫩绿。

这是一个作家的爱心——他对自然的敏感，对人心的敏感，对词语的敏感……使得这些文字呈现出奇特的温柔美妙，就好像奶油悄悄地融化，像绿草在春雪下偷偷冒尖，像一片鸟羽在空中缓缓落下，像一颗露珠被花瓣托起。

没有这份柔软，如何读懂人心的善美缠绵，又如何领略天

地的大音希声！

没有这份舒缓，又如何体会生命的悲喜交加，如何能谛听自然的美妙清音！

于是，翻开这样的书，在宁静之中，我们也翻开了另一个美妙的春天。

三

苔痕上阶绿，草色入帘青——亿万斯年的漫长时间，被分割为无数个循环往复的四季，这岁月的轮回也是生命的承递。领略到这万古空旷，才能敏锐感受到这分秒的变化。

通过物理学和数学的思维方式，人们学会了化巨大为微小——物质可以细分到分子原子，时间则可以分割到亿万分之一秒……这种思维方式的好处是，我们通过细微的透视，可以发现生命的奥秘——每一分秒之间，我们的生命都在流逝；与此同时，万事万物也都在发生变化。

哲学家在时针的铮铮走动间，思考人生的疑惑，寻找生命的真谛。赫拉克利特说，人不能两次踏进同一条河流；孔子则在大河边慨叹，逝者如斯夫。

诗人则在草叶泛绿的一瞬间，感受到生命的美妙灵动。池塘生春草，园柳变鸣禽——季节无声地转换，在诗人的感官中，色色新意，声声入耳。每一个孩子刚生来这个世界时，并没有哲学认知，也没有诗人感受，但这个孩子每一天的成长，都和这个世界联系起来。如果没有自然的声响与色彩，我们人类的生活何其单调无聊！

因此，每一个春天，都是自带诗性的。那些优秀的诗人和作家，用言语的方式，打开一个可供我们赏玩的春天，也开启了每一个读者的感官和心智，灵动和想象。

四

《古都》是川端康成的代表作，像一个古典的美人，清纯又优雅，含蓄而高贵。

书中的两个少女，是一对孪生姐妹，一个长在富家，一个长在贫家。她们血脉相连，心心相印，柔软善良，纯洁美好。古都是一座千年古城，一年四季每一天都有传统节日，在人间烟火之中播撒着历史的芬芳。古都的每一条街巷、每一个店铺，都掩藏着无数故事，它的古色古香，泄露着时间的秘密。

每一座庭院里边生长的花草和树木，都携带着如烟往事。在老人和少女的闲谈中，在水汽氤氲的茶室中，我们嗅到了种种令人贪恋的气息。

杜甫的诗句"韦曲花无赖，家家恼杀人"，想来就十分可爱——花乱开，人也变得轻狂。只有大自然能让我们如此放松。"江深竹静两三家，多事红花映白花。"人居宁和，自然绚烂，花开时无须选颜色，心安处何必论宽窄。

在春天，打开一本书，吟出一句诗，就往往开启了一个美好的季节，打开了一个美好的故事。

　　与谢芜村的一首俳句，记下了春天的一刻：

　　　　蝶儿为花忙

　　　　轻轻飞落吊钟上

　　　　悄然入梦乡

　　翻书的一瞬间，我跌入了春深处，沉醉不知归路，梦见了也在一朵吊钟上做梦的蝴蝶。

『炒春天』

一

　　有一次早春时节在外地，坐在饭馆的餐桌边，招呼我吃饭的本地朋友首先点了一道菜，叫作"炒春天"。我怀疑我是听错了，她看都没看菜单。我拿过菜单在上边找，赫然看到这个菜名，还真的是"炒春天"。

　　我十分好奇，也很喜欢这道菜名，它就好像专门为我准备的。我不知道它是一道什么样的菜，是什么原料做成的，但一刹那间我口鼻之中全是春天的气息：青草和小树芽的甜蜜，野花和蜜蜂飞舞的迷蒙气息，春雨和露水的清纯味觉……

　　眼巴巴地看着菜端上来——原来是一盘素炒椿尖（香椿的嫩芽）。虽在意料之中又出乎意料之外，我还是很喜欢，香椿芽，它的确是属于春天的。

　　炒春天，多好啊！是专为老饕准备的春味道，又是专要唇舌品尝的春气息，它还有一种为耳朵准备的听觉美妙——这个"椿尖"和"春天"音相谐，听起来有音乐的美感，有青春的欢快，就像幼鸟嘴巴里唱出来的童稚之声。

二

不知道是谁为这些树啊草啊起的名字，我猜想最早的命名者一定都是些诗人，不然他们为什么会把一种树叫作"椿"？

这和"春"一样的声响，瞬间带来世界的动感和美感：微风轻抚，细雨润泽，晨光明媚，万物苏醒，青苔嫩绿细小的触角伸向台阶，树叶用舌尖品尝着林中的朝露，虫儿在卵壳中醒来，鸟儿回到去年停歇过的小枝梢……

这树既然被命名为"椿"，它一定就是最早感知春来到的：它用一片嫩红的小芽，触摸到春夜的微雨；它用三两片发亮的叶片，把握住春朝的一缕阳光；它长在端溜溜的树尖，就像急不可耐地要抓住最早的春色。

在乡村里，香椿是一种普通的树，它种在田间地头，房前屋后，最大的特点就是长得快，就像个小男孩，拔节抽条快。不到两三年，你就眼看着小小的树苗长成了细长端直的小树，不到七八年，它已经是玉树临风了。我们小孩子在春天的第一个游戏就是扳椿芽：小树直接掰弯下来，用手摘；再大一些的树就用竹竿做的夹子夹；半抱粗以上的树，就得爬上树去摘……

　　炒椿芽这道菜我小时候吃得并不多，因为有个农村孩子都知道的常识——凡是野菜都需要荤腥来调和。而我们小时候油荤匮乏，椿芽炒着吃的次数并不多。但我喜欢这道菜，看到它立刻就想起了早春里到处找椿芽摘的情景。那是孩提时代最美好的春天记忆。

三

　　吃野菜，油荤太少，野菜就露出了粗糙野性的一面：有的苦，有的涩，有的长着刮舌的绒毛，还有的散发出呛人的腥味儿。

　　所以多数野菜我们都很少素炒着吃，要吃就得多放油，或者配以肉——炒香椿要鸡蛋配，凉拌灰灰菜或者马齿苋要多放熟油，荠荠菜做饺子馅必须加肥肉，炒雪里蕻要用肉丁……

　　我小时候还不懂这些，但我们家的野菜多数做了泡菜，或者晾晒制成了干腌菜。

　　泡菜就可以炒着吃，泡过之后的野菜——野葱、野油菜、雪里蕻这些，泡之后多数没有了腥味儿，也减弱了它原本的苦涩。

　　至于水芹菜、灰灰菜、香椿芽这些，开水烫过之后用清水漂了，然后在太阳底下晒干，加上蒜瓣辣椒做成干腌菜，放在坛子里可以到秋冬季节甚至第二年，用来炒菜炒肉，就没有了粗糙和腥臭，这些干腌菜配以干熏腊肉，反而会有更特别的香味儿。

这泡过腌过的野菜失去了许多本色，比如它的野它的糙它的香它的腥它的涩，甚至也损失了营养，比如维生素什么的，但是它毕竟可以入口了，甚至可以配以其它调料变成美食。

既然叫作"野"，那就是还没被驯化的。我有时候想，这泡啊腌啊，也算是一种驯化吧，虽然更合乎我们的口味，却失去了它的天然——那一份苦涩辛辣，或者酸麻呛人。

四

在早春时节，山坡上还是黄叶枯林，坡地上栽种的土豆才刚刚冒出几点小叶顶，只有小片的麦子地泛着青绿，冬水田里还散发着寒意。这时候我们去找野菜，田埂上可以找到鱼腥草（川陕地方叫作"折耳根"），山坡上随处可见野油菜、野雪里蕻，石头缝里长出了野葱，小山溪边长着水芹菜……

这是山野里的早春，各种野生野长的植物，不分等级不分美丑不分强弱，都展露出最鲜美的春色。我对这些野东西的热爱，完全因为喜欢那一种自由自在的生长，那一季应天顺时无所挂碍的绽放，还有那一份春意自芳的惊喜动感。

经常走在山野小道上，手里攥着一把野菜，手中攥出了汁水，掌心的温度甚至把叶子都烫熟了，举起这把野菜放在唇边闻，满是山野间苦腥呛人的粗野，又宛若一盘野菜原汁原味的清香。

　　人类用了几万年，驯化了各种野生动物植物，用来做人类的助手，做人类餐桌上的食物。但依然还有很多种，它们天生属于山野，比如有些植物，被叫作"野菜"——

　　它们才是春天的使者，是春天的主角，是未被驯化的自由灵魂，是未被拘束的诗意节奏。它们即便来到一只餐盘里，也依然带着山野的质朴，它们做了一道菜，当然也该叫作"炒春天"。

读书和山居

有个温水煮青蛙的故事——你有没有想过，住在一座现代城市里，36 度的高温警报，意味着给一群正在洗桑拿的青蛙提了个醒，让它们立刻冷汗与热汗混流，热气与寒气齐飞。

而人，堪比热水里的青蛙。

有一大帮人立刻想到一句话：哪儿凉快哪儿待着去。

听到这话，有一大帮人立刻去抢占优势位置：最凉快的是待到冰箱里去——那里有几坨冻得硬邦邦的猪肉和半只冻鸡。

人如冻鸡，为什么你在冰箱里会那么"鸡冻"呢？

我不能待到冰箱里去，只能想点儿凉快点儿的事。

首先读了一篇短文章，刚好可以酷夏生凉，因为这文章写得如此清凉又清净，比去冰箱里和猪肉冻鸡待在一起要好受多了。

苏东坡《记承天寺夜游》：

元丰六年十月十二日夜，解衣欲睡，月色入户，欣然起行。念无与为乐者，遂至承天寺寻张怀民。怀民亦未寝，相与步于中庭。庭下如积水空明，水中藻荇交横，盖竹柏影也。何夜无月？何处无竹柏？但少闲人如吾两人者耳。

没错，想到这是一个秋天的夜晚，夜色如水，我立刻感觉到了几分凉意。

人也少，少到只有两个人，地方也宽敞，整座寺庙里，除了这俩闲人，别的都是神仙。

有此闲心，有此净地，有此秋月和竹风，当然该凉快点儿了。

哪儿凉快哪儿待着——这地方就好。我欲乘风归去，与东坡怀民一游，可乎？

街市上的喧嚣，徒增烦热；窗外几个酒鬼的号叫，让人感觉青蛙正在温水里蹦跳；还有那些闲杂人等，四处寻找热闹——有闹必有热。

至于说读书，最热闹的书当数《水浒传》，大书第二回，就跳出来个张牙舞爪的"问题青年"——土豪家的儿子史进，他就喜欢玩个棍棒，大热天，在麦草场上舞枪弄棒，虎虎生风。

做个古代的小青年蛮好，上身脱得精光，汗流浃背气喘如牛，对他们，你莫要问世间热为何物，直叫人想进冰箱。

这时候，来了个高手——东京八十万禁军教头王进，他一路背着老娘，逃难。

史进这孩子搞得一身臭汗，听说从首都来了高手，一点儿都没看得起，这年头混饭吃的太多了，是骡子是马，还得拉出来遛遛，九纹龙不吃这一套。

王进家世代武术教练出身，这号不知道高低的小青年他见得多了，三两下就解决了，结果九纹龙虽然是个"问题青年"，但还知道好歹，知道服输，当即跪下，叫了一声师父。

《水浒传》写得好，虽然打得是喝彩不断、热闹无比、汗流浃背，还要大碗喝酒大块吃肉，却不让人觉得热。看来这酷夏时光，有人实在受不住了，干脆去运动一番，出出汗，也蛮好。

对《水浒传》称赞备至的是明末清初的才子金圣叹，他觉得这样读《水浒传》比较合适：

三伏天，躺在一棵大柳树下，袒胸露怀，抱着一个大西瓜，一边吃，一边读。

这人真是可爱得紧。有一只凉水里浸透的西瓜，生生的凉意立刻出来，这时候再翻看热热闹闹的《水浒传》，那叫舒畅，那叫解暑。

按照中国人传统的养生方式，酷夏季节其实不适合做强度较大的运动，消夏消夏，正是需要哪儿凉快哪儿待着去；没事找事儿，把热闹变得更热更闹，那是干傻事儿。

畅快地放松，安静地享受，读书是酷夏里一种很好的消夏方式，金圣叹深通此道啊。

有一年夏天我到山里去，住在一家新修的宾馆里。一般来说，我出门都会带上一两本书，既不增添自己的行李负担，又方便在夜里入梦前读读书。

山里的夏夜，清凉而安静，这个地方人太少，天色暗下来，四周的山都变成了黢黑的影子，影影绰绰浮现在夜空中。

一阵风从山谷里吹出来，顿时一身凉爽。山脚下的小溪轻轻流淌的声音，听起来很大。风拂过树丛，簌簌轻响。

有些小虫子，从眼前一晃而过，灯影中闪烁着晶莹的一点亮光——也许是它们轻薄的翅翼的光泽。

这种时候你在黑暗中散步，可以感觉到清凉的风和散漫的心境。夜晚安静，很早就可以躺上床，翻开书页，一边听夜风吹动着窗外的树影，一边闲读书。

在清静的山中，享受清凉的夏夜，这时候读书和做梦差不多。此处夜色，已融入梦境；此处清凉，恰好适合安眠。

我的房间在走廊尽头，廊柱上有一盏路灯。我夜里醒来的时候，感觉窗帘上影子叠着影子，变幻舞动着。这更增添了梦境的神秘感。

古代书生通常是在这样的山中夜宿中，被一只漂亮的花妖或女鬼拜访，成就了人间美事，哈哈，你不觉得这山中夏夜十分有趣吗，还带点儿暧昧的颜色。

早晨醒来的时候，屋里十分清凉，远非城市的闷热可比。推门出去，我吓了一跳：门外廊柱下，密密麻麻地铺满了蛾子的尸体。

景象十分惨烈：不单是地面上，还有廊柱上，都沾满了蛾子。这些五颜六色形态各异的蛾子，都像死了一般，一动不动。

我好奇地抓了一只看，真是死了，不知道它们为什么会死。

也许是殉情了？

蛾子大概是爱热闹的虫子，在走廊尽头的这盏通宵不灭的路灯，让这些飞蛾纷纷来赶一场与灯光的盛大约会，结果，它们付出了美丽的生命。

我就想，比起这些蛾子来，人是个薄情而胆小的东西，所以说人情凉薄——蒲松龄笔下的狐鬼花妖往往比人更重情意，虽死而不悔。

人也是个很善于投机的玩意儿，远比不上这些蛾子，它们虽说为了赶一场热闹丢了小命，但人中间，敢于扑火的人其实很少。

死于温水的青蛙很逗，它们在跳来跳去还以为很舒服的时候，水正在升温，临末了，像个小丑一样死掉，远不如这些蛾子来得壮烈。

想着这些蛾子，想想人类中间到处都是凉薄之辈，实在是一件让凉意顿生的事儿，这样也好，酷夏，仿佛在分分钟之间就清凉起来。

享受独坐

一

某一年夏天，我休公休假，正是最暴热的时候。早晨五点多，我骑上电瓶车出院子，电瓶车的踏脚板上放着我的渔具包。楼上楼下都是热气腾腾，院子里的水泥地也是热烫的感觉，就连院子门的两根立柱也像放射着热力，让人不敢接近。

十多分钟之后我已经到了江边的大堤上。车子骑得飞快，好像逃出了蒸笼，一下子凉爽起来，脸上拂过的风都是清甜的。我大概离城已经十多公里了，江对面的高速公路上有大货车闪着灯光驶过，跨江的铁路桥上一列高速火车呼啦啦地从头顶飞速过去，在清晨迷蒙的雾霭中掠过一线亮光。

我下到河滩上，经过青绿的草丛，河滩上到处都是被绿树包围的大大小小的水域——这些自然形成的小湖泊，在清晨安安静静，一缕缕的薄雾轻盈飘浮在水面……

天色明亮起来，这些小湖边隔一段坐着一个野钓的人。他们安静无声地坐在那里，仿佛变成了闪亮的湖水边的一个个雕塑。

我也找了个远离别人的地方坐下。钓鱼人只有两种：沉默寡言的一种，坐立不安的一种——

后一种是急性子，不适合野钓，他们一般来几次就不来了，觉得在野水边钓鱼极没意思；只有前一种人，经常静悄悄坐在河边，学会了闭嘴，学会了悄悄干活儿，学会了等待，学会了慢慢享受这份宁静。

因为热爱这份沉默寡言的娱乐，我喜欢上了野钓。

但我并不是称职的钓者，我对钓鱼经一窍不通，甚至连渔具鱼饵都是在渔具店里买的现成的。我对渔获多少也不怎么关心，我只是享受这独坐的感觉。

二

有一天早晨我遇到一个老头儿，他坐在离我二十步远的地方，我俩点点头算是打个招呼。然后我见他挥舞着鱼竿，动作老练流畅，比起我的笨拙，他足够当我祖师爷了。但我俩遵循了野钓人的默契，虽然离得很近，却都不说话。

我有一搭无一搭地下钓，多数时候我在看风景。这是江上的一个回水湾，三面都长着各种小树，形成了一个漂亮的弧形。水边长着乱七八糟的水草，被钓鱼人坐成了一个个的钓位——刚好够在草丛中放一张小椅子。我喜欢穿个短裤，小腿被草叶拂过，小草带着露水，凉丝丝痒酥酥的感觉。一抬头就可以看到几只白鹭飞过，漂亮的身影划过水面，看起来像一幅淡彩画。

到了十点钟，夏天火热的太阳把草叶上的露水都照干了，河滩开始冒热气，水面上的雾气也被蒸发了，湖水开始反射灼热的气息。老头儿悄悄收拾了自己的伞和钓具，慢腾腾又节奏分明地把一切都装好，放上了电瓶车。他打我身边经过，我也正在收拾东西，不过动作比他慢多了。他朝我点点头，突然发出"喔喔"的声音，加上手势。

我这才明白：他是个聋哑人。

他脸上浮现出憨厚的笑，我看到他的工装上印着附近某个工厂的名字。他应该是工厂退休的职工吧。我一瞬间难免在心里猜测，他在工厂做什么工作，是在车床边忙碌呢，还是在办公室里搞各种报表？

他彬彬有礼地跟我摆手道别。我们就像一部哑剧中的两个次要人物，走了一次过场，但没有故事也没有半句台词。我们填充了河边的这个大舞台，就像那些野长的树和草一样，闲看白鹭飞落，静听清风吹过草尖。

没有什么精彩场面，只有独坐。

三

又一天我遇到一个笨拙的年轻人，他比我还菜鸟，根本不会钓鱼。他的钓具是刚刚从渔具店买的，只是一根钓竿加鱼线鱼钩，一个最便宜的浮漂，还有自己从家里带来的一个木凳子。他跑来我旁边十步远下钓，但始终没钓起来一条鱼。后来他有些腼腆地来我身边，怯怯地问：我是不是弄得不对？

我看了看，他的确弄得不对，既没试水深浅，也没考虑浮漂和铅坠的分量，甚至他的鱼饵也省了——他挖了几条蚯蚓，但钓鱼人大都买几种鱼食勾兑。我大概跟他说了说，帮他调了一下鱼钩浮漂，把我兑好的鱼饵给他揪了一块，他腼腆地向我道谢，倒是弄得我有些不好意思。钓鱼人虽然不大说话，但遇到什么小忙，大家都愿意互相帮助的。

我看出来，这年轻人是个羞怯的人，跟我差不多吧——有个朋友某天在开会时说我是个羞怯的人，大家都笑了……"羞怯"是对这个世界和我们自己的审慎态度，但羞怯的人，却是不适合在这个攻击性强的世界混的。

但偏偏我们都是羞怯的人，所以选择了默默独坐。

这个小伙子跟我说，他是周围村里的人，他们村像他这样的年轻人，多半都出去打工了，他已经结了婚，家里刚刚修了房子，他就在城里打个零工——去建筑工地啊，送货啊，搬运啊，之类的。天太热他们不上班，但他不喜欢喝酒胡闹，也不喜欢打麻将什么的，总之是不喜欢热闹，看到有人在河边钓鱼，这个娱乐成本最低，他决定来试试。

我就想，也许不久之后，他就会爱上这种独坐吧。

过了会儿，他终于钓起来第一条鱼，惊喜地大喊一声，吓了我一跳。他可真是个菜鸟，河边的钓鱼人，从来不大喊大叫的，这也是一份默契。

这当儿，他的媳妇抱着孩子跟到河边来了。孩子还很小，大概不到两岁吧，被妈妈拉着走到他身边，他刚好把钓上来的这条鱼放进桶里：快看，爸爸给你钓了一条鱼！

多么喜剧性的一幕啊！我忍不住悄悄笑起来。

他们仨收拾了东西，提着小桶和小桶里的那条鱼，准备回家。

他们礼貌地跟我打了个招呼，一家人开开心心的样子。

我带着好奇想：他还会来钓鱼吗？他才学会了享受钓鱼的成果，但他还没懂得独坐的享受吧——这根本不是一回事。

四

第二年的夏天，我骑上自行车，来到了这片河滩。

只带着一杯茶。

我终于发现，其实连渔具这些我都可以省了。

我照样儿可以坐在草丛中，嗅到清甜的露水的清香，看到树木青绿，在湖边画出一条优美的弧线。飞过去的白鹭，仿佛是去年的那几只。

我看到一只小小的水鸟在湖面上点出了波纹，一圈又一圈，就像一只古镜，照出了三万年的宁静。

把这一切多余的东西都省掉之后——比如钓竿和钓钩——

也就不用再想鱼的事儿了。

别的钓鱼人依然坐在湖边，他们像雕塑一般，按照他们的习惯，悄然无声，享受着他们的乐趣。

我呢，此刻正有一只想象的鱼竿鱼钩，在虚空中悄悄挥起，静静落在水面——唔，我钓的不是鱼，而是这一份美好的虚无和安静。

我独坐，享受这份独坐的快乐。

这个当然也是无法与人分享的，所以我像那些钓者一样，沉默寡言，沉默寡言。

人间至味
一个饼

一

城外有一条即将拆除的小巷子，在很久以前曾经也是很热闹的：

古代建城，城里边住的是官贵商贾大户，城外边挨着城门的地方就会兴起一些聚落，一般都是小户人家和小商小贩之流。这些人也需要各种营生，于是慢慢就形成了热热闹闹的四门四关。南门外自然叫南关，西门外就叫西关，都是些混乱嘈杂却又充满烟火气的贫民区和商业区。这儿没有高雅的酒楼茶馆，却也有一般的饭馆茶肆；没有高门大户的宾馆商铺，却也少不了小门小脸的针头线脑……

我经常从这种小巷子里经过，会想着二百年前，一个穿着破旧僧衣的游方和尚从这儿经过，在自家火炉子前打饼子的李拐子喊一声：和尚！然后把一个刚出锅的饼子放进和尚的褟裰，和尚合手道谢，大大咧咧的李拐子突然也庄重起来，跟着念了一声：阿弥陀佛……

二

我站在这儿遐想的时候，闻到了烤熟了的甜甜的麦香——一家小店，门口摆着一个炉子，烧着炭火，鏊子里边装着四个饼。我花一块钱买一个，饼子捧在手上，热腾腾的，有些烫手，冬天却也刚合适。大概我和二百年前经过这里的那个僧人差不多，这个饼子既暖手又暖胃，也许还暖心。

饼店是一对甘肃小夫妻开的，男的打饼，女的收钱。陇东地区是黄土高原区，盛产优质小麦，好小麦才能磨出好面，好面才能打出好饼子——所以我一定要在这里买个饼子吃。

酥脆香甜的饼子，入口就让牙齿和舌头都有些急不可耐，迫切想要来消灭掉这道美餐。

我常想：牙齿和味觉，都是健康和年轻的证明。如果我们吃不出麦子的香味了，如果我们咬不动这个刚刚从鏊子上取下的酥脆的饼子了，那是多么悲哀啊，证明我们的身体已经衰老到极致了。

有个朋友问我在干啥，我说在街上买饼子——我的早餐。

朋友笑：你就吃这个，也太清淡了吧。我说蛮好，如果你实在觉得没味道，还可以抹上一点儿臭豆腐——我年龄小的时候喜欢这么吃，现在我觉得还是什么都不抹的好。

三

我喜欢这一缕纯粹的面香——面香也是麦香，麦香就是五谷香，五谷香是世间最朴素的香，可以称为极致香。

我有位外公，是我亲外公的族弟，他是个厨师。在某个年代，厨师是很受欢迎的：一是他们见多识广，经常去给办红白喜事的人做厨，不但见过各种吃食酒品，也见过各色人等；二是凭着这个手艺，他们不但广结人缘，受到尊敬，还能带一些美食回家，得一分酬劳充当副业收入。

这位外公善于做各种鸡鸭鱼肉菜蔬米面，但我却经常见他拿一小牙锅盔当零食吃。小孩子好奇，我老是研究他那块锅盔，他就给我掰一块，我放在嘴里嚼了，也没什么特别的滋味，他告诉我说，他有胃病，所以要多吃锅盔。

锅盔是碱性的，吃了可以中和胃酸——这是我后来懂得的常识。我没有胃病，但我后来也喜欢上吃锅盔。这个玩意儿很简单，就把一块面直接烤熟，既不用油盐，也不放调料——这不跟原始人差不多吗？

其实我是从这种最原始的吃法里边，吃到了麦子最原始的香味。

四

我经常在吃锅盔的时候想起那位外公，他真是最知味的人啊：他吃遍了各种美食，最后却返璞归真，懂得了最朴素的味道也是最美好的味道——这点儿道理，一个人得用几十年才能懂的吧。

比如某个周末，我问孩子：今儿吃的啥？孩子说：麻辣香锅。我就笑：口味越来越重，以后吃什么都没滋味了哦！

孩子对我的话嗤之以鼻。我也笑，我不能去改变别人的口味，虽然是我自己的孩子。也许尝遍了各种美味之后，一个人还是会找回最朴素的口味吧，比如嚼几口白面饼子（既不夹卤肉也不要老干妈，既不加涪陵榨菜也不抹臭豆腐）。

那位做厨师的外公，在我小时候为我们做过许多过年才吃得到的美味，但也做过许多纯粹饥荒年代才吃的东西。我记忆最深的是麦饭。那是麦子刚刚成熟的季节，我们山里人家去年的陈粮差不多已经吃完，今年的新稻秧才插进田里。这时候一般都只能吃新土豆，米是比较稀少的，我去外公家，他们家也没米，外公和外婆在灶房里忙碌半天，给我们端出了一桌美餐：饭是麦饭，菜是炒土豆丝、豆豉和腌辣椒……真够丰盛的了，我胃口大开，连吃三碗。麦饭就是以新麦粒代替米做成的饭，看起来像米饭，实际上是麦粒——当然没有米饭的口感好，但比米更多了一丝甜香，这是新麦子的清香。

毕竟麦粒儿是代替物，麦饭也就不是米饭。我以后很少吃到麦饭，但仍记得新麦子的甜香。

五

《菜根谭》里边有一句话说得好啊：

> 醲肥辛甘非真味，真味只是淡；神奇卓异非至人，至人只是常。

这话大有可品：世间有醲肥腻香酸甜苦辣，但都不是真味，最真的味是淡；世上有许多号称神奇卓异之人，但都不是最高人，最高人根本来说也是平常人。

我打烟火小巷经过，手里捧着一个饼。它散发着最朴素的麦香，这是朴素的大地上生长的麦子，这是平常人亲手在泥土里种植和收获出来的。

和你一起去旅行

李白年轻时说过一句话："大丈夫必有四方之志，乃仗剑去国，辞亲远游。"男孩子不满足于被家庭和父母荫蔽的固定生活程式，所以要怀四方之志。仗剑去国，辞亲远游，意味着一个男孩子第一次用独立的方式面对世界。

每一个人的人生中，都应该有一次单独的旅行，这最好是在青少年时代。

很多古代赶考故事，都是一个年轻人一生中的第一次远游。古代的小说和戏剧，喜欢把故事背景设置在这一次旅途中，演出了无数的惊险奇妙、悲欢离合。

可能在旅途中遇到的很多事，都超乎一个年轻人的想象，有时候你甚至得独立面对。不一定都是人在囧途，也未必都是人在险境，但前方有高能，那还是蛮可期待的。

司马迁用整个青年时代去旅行，寻访很多民间人士和历史遗迹，这是一次长见识的游历，也是写作和做学问的必要准备。杜甫一生都在流浪之中，但是最让他记忆深刻的，则是青少年时代漫游吴越齐鲁的记忆："放荡齐赵间，裘马颇轻狂。"上世纪三十年代，作家艾芜在滇缅边境流浪，跟随马帮、盗贼、流民一起行走，成为人生中最重要的一段经历，写下了名作《南行记》。战乱中飘零流浪的孩子三毛，成为一代人心中最可爱的漫画形象。

一个人能在青少年时代有一次单独旅行，那是人生中最鲜活最美好的记忆。

每一个父亲都应该带着自己的儿子去做一次旅行，每一个妈妈都应该带着自己的女儿去做一次旅行，在他们少年时代的这次旅行，往往会成为人生中最温暖最甜美的记忆。

男人和女人对待世界的方式是不同的。海明威笔下的男孩子，总是被父亲带着去打猎、钓鱼、探险。《老人与海》中只有两个人物：一个渔夫，一个男孩。男孩像崇拜父亲一样崇拜渔夫，因为他敢于和大海搏斗，充满了硬汉气质；渔夫则疼爱男孩，因为他像儿子一样崇拜自己，并且可能把这种勇敢刚毅的精神承接过去。

父亲和儿子的旅行，总是能把这种男人该有的精神承继下来，这很可能是一个男人一生中都需要的。

女人们对待世界的方式可能更偏重于审美。男人喜欢探险，女人则喜欢赏景；男人喜欢征服高峰，女人则更偏爱欣赏过程。当一位母亲带着女儿品尝旅途中的美食，走进一片开花的原野，陶醉于一条清澈的溪流……这种柔软而雅致的情调，可能无意中变成她们一生的优美。

一个男孩一生中最难忘的，可能是和父亲一起去旅行去探险；一个女孩一生中最难忘的，很可能是和母亲一起去旅行去看景。

所有相爱的人也应该至少有一次相伴旅行。

不管是男人还是女人，总是在社会规定的责任和义务中生活。唯有一次旅行，让人可以在短时间里解除所有的社会义务和责任，抛弃俗世所有的忧患和烦扰。旅行就是旅行，世界这么大，随便走一走看一眼，事情往往变得简单。

这意味着，你无须考虑家长里短，你可以抛弃人生的烦恼和负累。出门在外，天地间都是路，四海皆可以为家，身边只有一人，乃是一个你最熟悉的人。不管你们是去海边看景，还是去公园散步，是去看博物馆还是去吃地方美食，这一次可能都是真正美丽浪漫的二人世界，不管你们是七十岁还是二十岁。

在人潮人海中，除了身边一人，所有的人都是陌生人。在这陌生的人群中，你们是旅伴，是同道，是亲人。你们可以一起开心，一起劳累，一起走，一起停……甚至，你们可以一起放肆地对着山峰和河流唱一首歌。这种旅行没有目的，跟任何事务都没有关系，它只是人生中一个故事，只能供两个人分享。

这种感觉，只有旅行能带给我们——人生最美好的事，是和你一起去旅行。

乡土的浪漫

一

在深冬萧瑟的田野上，刚栽下的油菜苗正在返青，度过冰冷安静的冬季，它将要在田野上盛大亮相。少年时代我特别喜欢这一抹生动的翠绿，它意味着春天即将来到。

在饥饿年代的早春季节，油菜疯长。勤快手巧的农妇，会把多余的菜苗拔出来，它是水灵娇嫩的食物，为青黄不接时节的餐桌上，增加了一道美食。在我童年时代，我最喜欢的一道农家菜，是素炒油菜，春天的味道从这里溢出，清新鲜美。

到了早春二月底，季节的盛大典礼，在一个乍暖还寒的清晨，突然拉开大幕，让我们的眼睛一阵惊喜：满地金黄，薄雾也掩不住这一派光艳闪烁。

油菜花开，把一个浪漫季节送到了我们眼前。我在正午拥挤着油菜花的乡间小路上，突然因一阵阵的甜香而变得眩晕，眼睛瞬间几乎失明，耳边却响着蜜蜂嗡嗡的合唱。

这如梦如幻的场景，让少年时代的我感到震撼：遍地油菜花，每一簇都举出一枝枝的花枝；每一枝都伸向天空，迎接阳光——

那些精致的花苞，那些悄然开放的秀气小朵，那些肆意怒放的金黄花瓣……

二

一个乡村少年，就这样被一幅精彩绝伦的画幅惊呆了，这让我超越了餐桌上的想象，进入了神秘浪漫的境界。

多少年以后，我想起了沈从文的小说场景：就在桐子花开的山坡上，一对少男少女含情相对，这些桐子花，原本不过是他们生活中最普通的景致，但就在那样的时刻，变成了人生中最浪漫的风景。

对于一个农民来说，坡地上的桐子树，那只不过是一种可以变成油料的树木，榨油坊把桐子变成桐油，商人把桐油变成金钱，金钱让人们到处忙碌奔走……

桐子花开，把金钱、商人、桐油都抛开了，这一刻令人震撼：一对少男少女在山坡上唱歌，他们唱相爱的歌，他们忘记了人间的种种辛酸和悲凉。

他们相拥而歌的时候，晶莹绚烂的桐子花，正一片片落下来……

三

我在某一刻突然理解了中国人的浪漫情怀，是跟这些事情联系在一起的。

莫斯科郊外的晚上，是深夜花园里的安静和心跳，夜色迷人，还有美丽的姑娘……这种浪漫情怀，不属于中国人。我在某个油菜花开的清晨，突然感受到属于我们中国人的浪漫生活——就好比沈从文笔下，桐子花开那一刻。

一把油菜籽，被装在一只陶罐中，在半坡村的泥土下，埋藏了七千多年——这是我们餐桌上的一滴迷香，让我们的唇舌变得活泼起来，让我们垂涎欲滴。但在某个春天，它们青春焕发，突然绽放出遍地金黄，引来了无数的蜜蜂歌唱，也把一个春天的浪漫铺展开来。

这个时刻，我迷醉于油菜花开的视觉享受，忘却了餐桌上的一滴油香。

这是多么奇幻的感觉！这份中国浪漫，来自我们的田野，是属于乡土的浪漫。

四

在漫长的农耕时代，中国人把一份物质的实用和精神的浪漫融为一体，这是多么有意味的事情。

深秋季节，农人把一棵棵菜苗栽进冰冷湿润的泥地里，到了早春，大地还是一片荒凉，这一片菜苗突然间就迸发出无数的烂漫金黄，就好像你在冬天给泥土里撒下了几滴颜料，到了春天，突然漫漶成一幅美妙的画作。这神奇的转换，充满了哲学的味道——既是形而上的，又是形而下的。

没有哪个农民刻意去经营这幅作品，他们是冲着收获而种植的，但他们在收获前，却突然享受到这份艺术的美妙。难怪辛弃疾会写道：稻花香里说丰年，听取蛙声一片。

这稻花，这蛙声，既属于诗人，也属于农人；既是艺术的，也是生活的；既是神秘的，也是现实的；既是一份浪漫情怀，也是一份物质实用……

这份乡土浪漫，让中国的农耕时代，充满了诗意。

五

江南太湖地区的水乡，有一些外观令人惊艳的植物：茭白、莲藕、水芹、鸡头米、慈姑、荸荠、莼菜、菱。它们有一个很美丽的名字：水八仙。这些水生植物都特别漂亮，有着精致圆润的叶子，如同春天的眼睛，充满了灵性。这些水生植物，都会开出艳丽的小花，有着鲜亮明丽的花色，就像俏丽的村姑。

很多文人都把这些植物作为水培观赏植物，放置在书桌上，装点在院落中。这些野生野长的水生植物，终于变成了养眼的清供，融入了文人雅士的优雅生活。

水八仙也是太湖地区最有名的乡土食物，是舌尖上的宠儿、餐桌上的骄子。美食家李渔发明了一道佳肴：莼菜炖竹笋。他说这是人世间最美味的东西。

在江南，水八仙从野水荒湖中，来到了小民百姓和达官贵人的餐桌上，又从观赏植物变成了实用食材，这俗世的味觉和超俗的观感，成为最具特色的中国生活。

这份乡土的浪漫，是千年农耕带来的一脉心香，无论引车卖浆之流，还是文人雅士美食客，都喜爱这份视觉享受，又贪恋这份口腹之享，最终，酿成了我们生活的一份浪漫。

六

有一天，我在火车上遇到一位女士，她随身带着一桶菜籽油。她告诉我，她在汉中生活了三十多年，退休后回到一座北方城市居住。她每年都要回来一次汉中，回去时她必须带上一桶菜籽油。

这是汉中三百里油菜花的最终成果，它们将变成一桶桶油，成为餐桌上需要的一份食材。比如这位女士，她最喜欢吃汉中的面皮，她觉得蒸一笼面皮，一定要用菜籽油来抹底、炸辣椒油，这才是汉中面皮必需的配料——为了这一口贪恋，她必须得有一桶菜籽油。

我闻到了一股菜籽油的浓香，就好像回到了春天的原野，三百里油菜地金黄，弥散着一阵阵的甜香，怒放之后，所有的花朵都变成了菜籽，悄悄怀抱了一滴菜籽油。

七千多年前，我们的祖先也曾贪这一口，他们也会在金黄的油菜花中迷醉吧？可以想象这是一个多么浪漫的画面。

这份来自乡土的浪漫，让几千年的中国农耕生活，变得超然而美妙。

大自然如何善待我们

一

　　尽管人类为了自己的利益，给大自然带来了深重的伤害，大自然仍然依从自己的规律，给予人类同样的善待。人类造下的罪孽，不单单是人类来承担后果和赎罪，大自然承担了更多的恶果，但它仍然极尽可能地修复自己，极尽可能地帮助我们。这是它善待万物的一种方式。

　　只要我们走出封闭的房间，所有这一切无时不呈现在我们眼前。大自然默默地做着一切，虽然我们从来没注意过这些。

　　没有什么比一座现代化的城市更粗暴地对待大自然了，但是大自然并不与我们为仇，也从不离我们远去。

二

水泥，是人类的一个重大发明，并且到处使用。这东西是大自然的敌人。如果是一块冷硬的石头，经过长期的风霜雨雪，会慢慢风化，变成粉末，成为土壤，长出小草和树木，从而成为一个生机勃勃的小家园。

但是水泥不是这样。人类制造的东西，大自然对它无可奈何，人类试图让这种东西长期不坏，从某种角度讲，它本来就是为了对抗大自然而生产出来的，虽然它的原料本来是大自然的产物。它抗腐蚀，抗风化，抗氧化，总之大自然能够使用的方法，都被它坚强地抵抗着，所以它堪称冥顽不化。

唯一的办法是在它破碎的时候，灰尘和雨水贮藏在缝隙里，从而变成小草的温床……大自然用一种特别的耐心来对付人类的制造物，最终，它让这块冷酷的灰色的东西上显出了一星绿色，呈现了一点生机。

楼房，巨大的人造物。楼房是用砖块、水泥和钢筋构成的，这些东西了无生机，也是人类用来对抗大自然的。大自然基本上宽容了人类的行为，因为人类是为了自己能生存栖息才这么做的。

楼顶的沥青，在灼热的阳光下发烫并且散发出难闻的臭味。但是依然有蚊虫和小鸟飞来，蚊虫的尸身和小鸟的粪便，可能在一些夜晚，挽留住了一些渺小的生命，它们小到人类肉

眼无法分辨，它们在这个地方工作，软化坚硬，蚕食这些发臭
的人造物，最后把这些东西变成粉末……

然后这里会接纳风中吹来的一颗草籽，在春天，草籽悄悄
长出小芽，成为一个生命的暗示。

三

我在散步的时候，会看到樟树被一夜春风吹得满地落叶，
樟树老旧的红色叶子垂落，枝头上新叶已长出。水泥的街道立
刻被这些青色的黑色的红色的叶子覆盖，这种景象让我的眼睛
好受了许多——多么讨厌的灰色，灰色的水泥街道，灰色的城
市楼群，了无生机，现在被叶片覆盖，显出了大自然的本色。

这些叶子还覆盖了其他的人类制造物，比如顽固不化的塑
料袋，它们也是五颜六色的，但是却是无生命而且会释放有害
物质的。

这些叶子还暗暗散发着天然的芬芳，改善着我们呼吸的空
气。樱花树长出了嫩红的叶子，叶子间则是粉红的花蕾、粉白
的盛开的花朵。它们也在散发芬芳，让我们呼吸空气时多一些
舒畅。

大自然是在照拂我们，正如诗人所写：润物细无声。就像
春雨对幼苗的呵护，大自然并没有因为我们的恶性而冷落我
们，它总是极尽可能地善待我们。

再说树根下的一点点土壤。这是在灰色的街道边隔出的不

足两步宽的植物带。唯有这条线，是人类的城市留给大自然的一点点空间。

城市的地皮如此紧张，贪婪的土地使用者们，为了获得更多的利益，只好把大自然一点点排挤出去，最后留给大自然的，就这么小小的一点。树是人栽的，花草也是人栽的，城市人知道自己的自然太少了，所以想尽可能地留下一点大自然。

但是大自然并不完全按照人类的安排来行动，它还是要更多地善待我们。它会让一棵计划外的小草长在这里，虽然它很小，只有一点点绿意。它会让一棵手指粗的树悄悄长出来，虽然这东西不值钱，对于园林公司来说，它不足以提供利润。

当然，散落的小花也会开在这条小小的生命线上。由于有了小花小树小草，虫子们寻找到这里，蜂蜜和蝴蝶也寻找到这里，于是，这条小小的绿化带，远远超越了人类的布置，变得更加饱满起来。大自然为万物安排家园，它并不在乎人类的自大。

四

在可看的绿色和可赏的鲜艳之外，还有可以改善空气的各种大自然的气息。但大自然并不到此为止，它还为我们的听觉提供可能的"点心"。

住在一座现代城市里，我们听到的是太多的喧嚣。汽车发出各种声音：汽油燃烧转动齿轮的声音，发动机带动轮胎转动摩擦道路的声音，挤压出来的刺耳的喇叭声……这些声音让我们感到恐惧，但它们却是我们自己制造出来的。还有店铺里的音乐，作坊里的气锤声，人们的叫喊声，空调抽风的声音，小饭摊炒菜的声音……千万种声音，包围着我们，让我们浑身难受，让我们忍无可忍。这些也是我们自己制造出来的。

这时候风吹起来，树叶哗哗作响，我们终于听到了自然的声音，或者叫天籁。风把一片片树叶吹落在街道上，树叶在空中划过，发出簌簌的声音，在水泥街道上随风奔跑，发出扑扑的声音。

还有雨，雨下下来的时候，敲打着我们的窗玻璃，点点作响，宛若敲打冰河。

雨从城市上空划过，风从城市上空吹过，带着潮湿的气息，带着树叶的清香，带着泥腥味儿，让我们离大自然更近些。

安静的夜晚，会有小虫飞到窗边，它们从哪儿来，我们无从得知，但是它们突然发出飞动的声音，发出细小的鸣叫，让我们终于发现，我们并非被囚禁在一个人造的牢笼里。

一只金龟子迷失了方向，突然啪的一声掉落在打开的窗户里边，它并不知道我的窗台上已经没有一盆草的位置，依然当我是一个朋友，在我面前无所畏惧地展开翅膀试图飞起来，它扇动翅膀发出了吱吱唔唔的声音。一只鸟落在了街边的树上，在小小的树冠里边歌唱，完全不理会街道上的轰鸣声。还有更多的声音，让我们明白，此刻，大自然正在做着一切努力，试图让我们生活得好一些，在这个冷酷的钢筋和水泥构成的笼子里。

　　大自然在善待着我们，虽然我们待它一向冷酷。在一座城市里，它试图向我们表明，我们并非它的弃儿。

故土三峡：永远的守望

一大早，青石村的邹师傅赶到巫山码头接我们。

巫山有十来个码头，各种船只沿岸摆开，刚好占据了从前县城的位置。两千多年来，有很多历史名人来过巫山，在三峡，这是个标志性的地名，因为这座县城正对着巫峡口。它从前是这样，现在还是这样；唯一的不同，是它在 10 年前朝后退了一个海拔高度，把宽阔肥沃的河边滩涂和田地让给了三峡的高峡平湖。现在它高高悬挂在老城的后山坡上，依然在以千年前的姿态守望着巫峡口。想象一下，从大旅行家郦道元，到大诗人李白、杜甫、范成大、陆游，再到 19 世纪末进入峡江地区的著名探险家、英国皇家地理学会会员立德，他们的船都从这座城市门口经过，他们还进过城，城门应该是在最底下接近码头的地方。

现在老城变成了一片水域，靠近山坡的位置成了新的江岸，正好属于这些码头。

九号码头乱糟糟的，属于小型船停靠码头。大部分是小铁壳船，装载着橘子和橙子；小部分是漂亮的小汽艇，这是水上的出租车。青石村的邹师傅则是坐着一辆来往于各乡镇的班船来到县城的，这类班船一般也是铁船，船舱里密密麻麻坐上百人，是沿江各村镇都停靠的水上公交车。

邹师傅背着一只背篓进城，再度回到码头的时候，背篓里塞满了从县城采买的鱼肉蔬果。他五十八岁，是个敦实憨厚的峡江汉子，我们叫他邹师傅，是对一个手艺人的敬称，如果放在十几二十年前，他可能是驾着自家的船来接我们的，他是半辈子和峡江打交道的水手——现在他早已不弄船了，他利用自家的小楼开了个农家客栈，正对着大名鼎鼎的神女峰。客栈的名字还没起好，我们算是正式接待的第一拨客人了，当然，我们基本上也算不上是客人，因为摄影师郑云峰曾经在他家住过七八年，早已变成了好朋友。

跳石：淹没的传说

站在驶离码头的船尾，可以看到陡立在高处的巫山县新城。巫山是三峡库区被淹没城市的代表，新城是占据了一面山坡的建筑群，远远望去，在阳光下像是一个闪闪发亮的立体模型。在 2003 年三峡水库蓄水 135 米以上的时候，它作为一个移居的城镇，退守到高地，彻底变成了一座山城。在三峡库区，和这座城市一样退居到更高海拔的，有数十个城镇、几百个村庄，还有几十上百万的人。

比如邹师傅和他的村庄——青石。

巫峡一带的村镇地名，是由一群石头组成的——跳石，横石，青石，碚石……这些地名可以让人想象到，这条大江是如何在一片石头中切出一条陡峭狭长的峡谷的。峡谷两边山体是坚固的岩石，有的崖壁险如刀削，有的坡岸寸草不生；连江水下也是石头的死亡陷阱，数百赤条条一身黝黑的峡江汉子拉纤上行，快如奔马的扁舟下行，一路潜藏着危险的滩与石……在过去两千多年里，这条水上通道，留下的是岸边狭窄而悠长的纤夫古道，被竹编纤绳勒出道道印痕的纤夫石，当然也在沿岸留下了座座城镇，它们一律临水而建，有青砖黑瓦的房舍，有泛黄发黑的木板铺面，有青石码头通向江边，繁荣的城镇将几千年人居生活史写在了峡江。

青石相邻一条小溪神女溪，两岸山峦高耸，深深的溪流从美丽清幽的峡谷中流淌出来，在长江上冲出一个险滩，邹师傅他们把这个滩叫作"裤套子"。一般来说，峡江一带，一个滩意味着相伴而生的一个村镇。凡有险滩处，船只总是小心翼翼，放缓行程做充分的准备，过渡险滩需要雇佣本地纤夫，因为他们了解水情；失事船只则需要雇人打捞，需要修理船只，船员需要等待、休息，这样的滞留就使得沿江村镇自然形成。

青石是一座百余年的老村，长江在这里稍微弯曲，形成一个小小的河湾。青石是绣在这个弧度上的一条小街，最繁盛的时候有百余人家，开着各种专为上下行船只服务的铺面。这样的小村镇出生船员和纤夫——大诗人杜甫曾写道，"峡中丈夫绝轻死，少在公门多在水"。男人天生在水上讨生活。这里也出生大方美丽善于经营的女子——就像明代诗人王叔承写的，"撞布红衫来换米，满头都插杜鹃花"。

邹师傅数代居住在这里，爷爷是青石的文化人，专事官司、调解、管理地方事务；父亲是船员，新中国成立后进了轮船公司；小弟弟则接父亲的班也进了轮船公司，退休时还是轮船公司的职工；二弟是个船员，做过驾长（船长）——邹师傅告诉我，过去船上有"三长"，都是一条船离不了的人物：驾长、轮机长、水手长。他自己则从十几岁起就在江河里混，弄小船是家常便饭，也在大船上做水手，当过水手长。水手长负责考察水情，是船上最懂水性的人。

懂水情要懂到什么程度？这意味着他脑子里需要装着一张江山地理图，有一个险滩数据库，还有一个水情变化态势指数表。这样复杂的事现在需要一部专门的计算机来处理。对于他们来说，了然于胸意味着生命有了保障。峡江的百岁老人、和这条江打了半辈子交道的著名老船工谭邦武说："在峡江只有两条路，一条是生路，一条是死路。"懂得水，是性命攸关的事，峡江有多少个滩，有多少个湾，有多少个江中暗石，有多少条险恶水道，水在什么地方是怎么流的，不同季节不同时刻水是怎么变化的，你要看到水的骨子里去，才敢弄水。邹师傅没上过学，但是他对峡江的熟悉，就像是一本书。一个人一辈子在江里生活，慢慢就懂得了大道，懂得大道者，皆是圣人。摄影师郑云峰对老船工谭邦武的话赞叹不已；邹师傅则说，这个老人家说透了水啊。

邹师傅掰着指头跟我数着峡江的险滩，名字千奇百怪：滚子石，油炸溪，刀背梁，老鹰背，银窝子，老鼠错……凡有名字，皆有来历：油炸溪的水像是煮沸了的，向两边翻，过船要选时候；刀背梁，江中的暗石像是刀背，船过时要分毫不差，错了就要"打皮"（船被撞烂船底叫打皮）；大磨小磨，走船过滩就像推磨，水手说，大磨推小磨，推到碚石打酒喝。船过一次险滩，就等于在鬼门关上走了一回，所有的人都要祭神，还要打酒庆贺，船主要给纤夫水手发赏钱——当年范成大过三峡，陆游过三峡，都见过这样的场景。

跳石对面有个石碓窝（石臼）。邹师傅坐在自家的院坝上，和我讲峡江。这些地名都和水手有关。

有个水手夜里出来小解，看到江边有一对圆石头，此跳彼落，觉得看到宝物了，他就扑过去按住一个，结果另一个就消失了；以后再也看不到一对石头跳了。留下的这个石头，现在被淹了。对面有个石碓窝，船工每次过的时候，做饭时要撒一把米进去，回来经过时那石碓窝里就可以不断地出米，但是有个贪心的船主想要把这个石碓窝私吞了，结果，石碓窝再也不出米了。以往能看到那个石碓窝，现在石碓窝也被淹了，看不到了。

沧海桑田的巨变，在邹师傅口中很淡然，他们经历这一切，是在十年以前。那是 2003 年，三峡蓄水位 135 米，青石被淹没，沿江的这些小村落都沉入了水下，只留下了名字。

至于传说，也只是在邹师傅他们这辈人脑子中。我们看着江上过往的船只，大游轮拉着长长的汽笛声经过神女峰下，所有人都跑到顶层来看神女峰。"现在弄船的，闭着眼睛都能开船，不需要知道那么多啊。"邹师傅说。

传说已经消失，传说的证物也进入了水底，邹师傅一代的传奇，已然成为过去。

神婆子：船的往昔今生

我试图在沿江每一个码头上寻找一种叫"神婆子"的船。1883年，英国探险家、皇家地理学会会员立德就是坐着这种船，从宜昌上三峡到重庆的，他大概是首批穿过峡江进入重庆的少数外国人之一。更远的，"朝辞白帝彩云间，千里江陵一日还"，李白乘坐的那一叶轻舟，可能也是这种船。邹师傅试图给我描绘这种船的样子：它两头尖，船梁子（船底）是棱形的而不是平的，我大概想象出，它还真就像一片卷起的树叶，一苇渡江，全凭轻盈灵动。这种船是大江小河的征服者，是顺从水性的产物。

在平展开阔的江面上，大趸船缓慢行过，轻捷的小快艇犁出道道浪花，五层的豪华游轮反射着鲜艳的光泽。邹师傅对这些不以为意，这不像是在搞船，闭着眼睛都能开的。

对于峡江人来说，弄水行船，是小小年纪就得熟悉的本领。孩子两三岁的时候，就把他放进水里，让他熟悉水；到五六岁，就能够试着摇橹扳桨；十几岁时就是江上的浪里白条了。邹师傅十几岁就开始弄船当水手，他的儿子也是这样，如今，儿子在海南岛打工，早已远离了峡江。

弄船当然不是闹着玩的，你得熟悉水。水是有性子的，你要摸透峡江的水性。现在的三峡是一片平滑的水面，谁都可以开船，不需要懂水了。邹师傅的意思我明白，峡江的水也没有了性子了，它被拦起来，被驯服了，它不再是一条暴龙，你无须熟悉它的性子。对于一个没有性子的人，你跟他搏斗也没有丝毫意义了。

好多年前有一天，邹师傅坐在自家院子里吃午饭，看到江里来了条船。他赶忙对媳妇说，你看这条船，要麻烦了。媳妇也跑出来看船：什么麻烦啊？邹师傅说，要麻烦。

邹大嫂说，吃饭就吃饭，说啥子哟。话没说完，半碗饭还端在手上，江里的船就"打皮"了。

你别看江面上平平静静的，你得要看江里边，水下边，那水是有动静的，一个小气泡，一个小水涡，都是水在显示它的性子。你看一条水线，平平稳稳的，就把船开过去，图快图近，你却不知道下边是有麻烦的，搞不好你就要"打皮"，要翻船。

对于一个水手来说，没有什么比熟悉水的性子更重要的了。这条大江，是他们赖以生存的饭碗，不懂水，你就等于摔了饭碗。邹师傅明白这个道理，所以他吃了三十多年水上的饭。从小划子到大趸船，他都开过，他熟悉船上的一切家什，也熟悉水里的一切情况。但是有一天，三峡变成了一个大湖，船变得千篇一律了，峡江水也失去了个性，这意味着，他这一代人的水上经验变成毫无意义的东西了。

无用的技艺是屠龙之技。这是古人的比喻。对于邹师傅这样的峡江水手来说，他们与千年峡江打交道的生活结束了。

在巫山县码头，我遇到刘家的媳妇如青，她三十多岁，大方和蔼，一看就是江边的精明女子，家就住在县城对面的龙江村。龙江村那儿是巫峡口斜伸下来的一个山嘴，斜铺的舒缓山坡，刚好是供养村庄的良田。三峡蓄水之后，这个山嘴淹没了，只留下了上边的一部分。如青他们的村庄被淹没了，他们成了后靠移民。她管理着自己和弟弟家的小汽艇，以此为两家的生计。两兄弟一人一条汽艇，专门供客人包船出行，去神女峰、小三峡游玩。两兄弟都是弄船的好手，不过现在干这一行不需要技术，需要的是成本，买一只小汽艇，需要十几二十万，不要技术的活儿，人人都可以干，他们面对的是激烈的竞争。如青每天守在码头，招呼上下的客人，包船费是个很大的数目，200元到600元，这不是一般的游客所能承受的。他们的生意比较清淡，没事儿的时候，两兄弟，两个水里的汉子，在岸边的窝棚边打麻将，等着自己的生意。

如青说，自己家里两个孩子，一个高中、一个幼儿园，兄弟家也是两个孩子，家里生活、孩子上学，是很大的开支，他们两家人就靠着这两条小汽艇。因为他们成了后靠移民之后，就没有了土地，也失去了以往赖以生存的峡江。大江把一切都机械化了，这是一个显而易见的变化。传统的水上生活经过修改之后，被丢弃的是传统技艺，他们这些从小在江里混的，现在只能等在岸边，等着有人来包他们的小汽艇。摆弄这个小东西需要的只是不断涨价的汽油，而不是漂亮的水上功夫。

菜籽坝村是和龙江相邻的水边村庄，那儿曾经有一大片水田旱地，就像所有的峡江河谷，当年曾经栽种着蔬菜和稻麦、四季葱绿的亚热带果树。小八是村里胆大的船户之一，一向是江边混的名人。蓄水之后，这片土地被淹没，村里像小八这样的水上好手，也上了岸，变成了坡地上的居民。

小八弄船出名，胆大也出名，县城边的村子里都知道小八。当了移民之后，他和媳妇小陶没有了土地，船也卖掉了，他俩到北京去开塔吊，在建筑工地打了几年工。他们是那种迅速适应新生活的人，不像刘家的两兄弟，还只能守着江边的日子。如今，他和媳妇在县城边建一幢十二层的楼房，地基已经打好，他家两个孩子都上初中，两口子不打算出门了，他们准备开办一个养殖场，守着巫峡口过另一种生活。

青石的邹师傅也选择了守着他们的美人峰。船是没有用了，江上所有的船都比他从前那条船好。水的性子变了，他们的村庄也后靠了，全村人都成了移民。他们把村子移到了更高的坡地上，开山掘石，在山石上浇筑地基，修起了二层小楼，楼上留下了露台，坐在露台上，无须抬头就可以看到美人峰。当地人把望霞峰叫美人峰，这是自古以来的叫法，现在外边的人则一律叫它神女峰。

放弃了船的水手邹师傅对我说，你要找"神婆子"，那是没有了。这时候有一艘叫"长江公主号"的大客轮正从神女峰下经过，拉响了长长的汽笛，导游正用中英两种语言对游客们广播：上边就是神女峰。

花椒树：一棵树的命运

2003 年 8 月，峡江最热的时节。三峡的水位正在慢慢升高，环绕江边的青石村，它的石阶码头缓缓沉入水中。张国义一家正打包好最后的包裹，准备搬往湖北荆州。青石的一部分居民后靠，房子修筑到山坡上，一部分要搬迁到湖北的荒湖农场。张国义带着媳妇和两个孩子，和后靠的乡亲告别。两个孩子都不到七岁，此前早已做好了在峡江生活的锻炼，儿子小康两三岁时就被妈妈套上救生圈放在长江里扑腾，五六岁的时候就穿着救生衣上船玩橹桨。小康呛过长江的水，对那味道早就熟悉了。

邻居邹贤平一家也一样，要移民到湖北荒湖农场。邹贤平把女儿交给媳妇拉着，他自己光着黝黑的膀子，赤裸的怀里抱着一棵树，就像抱着心爱的儿子。

这是一棵花椒树，从自家院子一角挖出来的，连带着峡江的坡土。

这两个峡江汉子，带着妻儿，流着眼泪和峡江、和青石村告别。之后，他们爬上一条接送移民的大船，沿江而下，去往湖北。

我在邹师傅家门口的坡地上看到三四棵花椒树，是我见过最大的花椒树，个个都有小孩儿手腕粗细。花椒树是生长很慢的树，所以它全身都是有味道的，连它的叶子都是香的，是麻的。

这是重庆火锅不可缺少的调料之一。

关于重庆火锅，很多人认为这是峡江水手的发明。没有了花椒，就没有了重庆火锅，这是一种挑战的滋味儿，也是一种火热的滋味儿。对于川渝人民来说，它充满了酒神精神。麻辣烫，是另一种酒，是狂欢的底料，是暴烈的基调。

原来的青石村正好环建在一个小小的河湾边上。狭窄的一条小街，房檐下就是河滩。他们坐在自家的院坝，可以看到三峡的水涨水落，滩里的风云变幻。

2003年8月，他们对上涨的峡江做出了退让，把房子建在了坡地上，村子背后是一片干瘦的坡地，一律是坚硬的山石垫底，石头空隙间保留着一层薄薄的泥土。他们在这样的泥土上种上了豌豆、胡豆、青菜、洋芋，这些都算是比较耐旱的作物。当然，还有橙子树和山桃树，最重要的，就是把房前屋后的花椒树也移栽上来了，免得被水淹了。

邹师傅和儿子在坡地上开山打石，用水泥浇筑打桩，在山坡上立起来一幢二层小楼，远远看去，小楼像是悬在空中，这样的险峻，让人不由捏把汗。但是没有别的地方可以建屋了，在峡江沿岸，坡地大多是如此，坡度在五六十度以上。

十年来，花椒树长大了，扎根的土壤依然只是薄薄一层，但是它们的生命力很强大，邹师傅说，能收十几斤花椒呢。对于喜欢麻辣的峡江人来说，花椒是不可缺少的，苏轼说宁可食无肉，不可居无竹，对于峡江人来说，宁可居无竹，不可食无椒。峡江两岸的坡地上，长着十分瘦小的山竹子，地太薄，又常受旱，它长得都不像竹子了，而像野草。但是花椒树却是稳稳地扎住了根，长了叶长了籽长大了树干，让他们收获了他们喜欢的香和麻。

到了荒湖农场的张国义一家，把东西放进了新修的房子里，这是政府为移民新建的移民村，一排排整齐的房子前，政府为村民们安装了压水井。

张国义的小儿子小康，拉着妈妈的手，去压水井压水喝。

他喝了一口就吐了：妈妈，这儿的水臭臭的，没咱们青石的水好喝。

妈妈心酸地笑了：谁舍得故乡，谁舍得故乡水？从小喝长江水长大的峡江娃儿，早已经习惯了喝长江水。那儿的水是甜的——故乡水是甜的。

邹贤平则什么都顾不得，先去照顾自己的宝贝花椒树。

他在门前的空地上，挖了个大坑，把从青石带来的花椒树和连根土全放进坑里去，他要把它好好移栽到新的家乡来。

花椒树栽上，土也培好，水也浇了。这是喜欢吃麻辣的峡江汉子的生活嗜好。

十年以后的今天，我和摄影师准备去荒湖寻访邹贤平，我很想看看那棵花椒树，我希望它和邹师傅家门前的花椒树一样，长得很好，能开花结籽。

邹师傅打了十几个电话，终于打听到邹贤平的消息。

几年前，他从荒湖农场搬回巫峡口的巴东县居住。他的母亲在父亲去世以后找了个老伴，住在巫山县城。但是老伴去世以后，她被老伴的子女抛弃，只好也去到巴东，和邹贤平一起居住。邹贤平搬到巴东，只能靠开电麻木（载人三轮摩托）养活家小，两年后，媳妇出去打工，一去不复返。邹贤平把孩子留给母亲照管，自己也出门去打工。我们无法找到他了。邹师傅说，他可能是想出去找回媳妇吧。

那棵花椒树，也许活着，也许死了。一次拔根的移栽，对于一棵树，多不容易，对于人，也一样。

张国义家呢？他们从前习惯了在峡江种坡地，弄船玩水，在荆州荒湖农场他们过上了另一种生活：种棉花。他们变成了棉农，电话中说，还不错。那个嫌荒湖水臭的小儿子小康，现在已经读高中了。

中华蚊母：植物的寓言

2003 年前后，对于三峡库区的百万移民来说，是最难以忘怀的。很多人是流着泪，看着自己的村庄和城镇慢慢沉入水中的。十年后，邹师傅和所有的库区移民一样，对这个记忆显得平静异常。

他的儿子和女儿，当时也响应号召，做了外迁移民。他们夫妻俩则选择了后靠，毕竟他们的家庭格局是比较顺应形势的，年轻人有年轻人的念想，父辈有父辈的留恋。外迁是一种机会，后靠是一种依恋。

这让我想起了三峡的一种珍稀植物：中华蚊母。我第一次在大宁河的一条渡船上见到这种植物，几乎有惊艳的感觉。它有着盘曲的树根，小小的葱绿的叶片，小小的深红色的花朵。当时正是它开花的季节。它有那样的树干树根就算得上很美观了，还有更漂亮的油润树叶，竟然还要开着如此艳丽的小巧花朵。

在峡江一代生存了数万年的这种植物，它是天生就适应峡江的性格的。它长在江边的石缝里，随地而生，当水涨时它被淹没，水落时它就露出枝丫来，并且长叶开花，号称"两栖植物"。

这仿佛是一个寓言，是人与山水相依相适的象征。在大自然的优胜劣汰规则中，它顽强的生命力体现在它与大地的相适、与气候的相适。

我在开农家客栈的小易家找到了这种植物。十几盆中华蚊母，整整齐齐地摆放在小易家的露台上，成为一派养眼的景观。

小易夫妇开客栈好多年了，他们算是青石的一对能干人。

随着峡江水位的提升、村庄的被淹没，十年来，他们已经适应了新的生活方式。

小易是青石女子，她的丈夫小向则是上游江边抱龙村的。现在的情况是，小易和女儿是留在青石的后靠移民，小向和儿子则是户口已在湖北的外迁移民。这是个很有意思的家庭：一个家庭，两地户口。

小易则很想得通：我哪管啊，我跟我老公说，就算你在海南岛在黑龙江，我们还是一家人，我到湖北去，那儿是我家，你回青石来，这儿是你家；户口在哪儿都无所谓，反正我们是一个家。

这种精明，是锻炼出来的。当时搬迁时，小易坚决不离开青石，最后只好如此了。现在孩子在外边上学或者打工，他们两口子则在青石打理他们的农家客栈。

小易性格开朗泼辣，大大咧咧，地道的峡江女子性格。她可以坐班船跑到巫山县码头去接客人，也可以给爬山的摄影爱好者背包带路，给客人收拾农家饭菜，帮客人洗衣服。有的节省的帐篷客，甚至把帐篷搭到她家门口，她也不客气，每个收取二十元费用。有的摄影师爬上山守着拍风景，一天不下山，小易就把饭做好，带上开水，爬上山给客人送去，这种服务，客人怎么好意思不付费。所以她的收入没有预期，标准随时而动、随机而变，充满了经营智慧和变通。

在常年和客人打交道的过程中，她积累了很多经验；没上过几天学的她，甚至学会了一些简单的英语，敢到大游轮上去招徕外国游客。

小易的老公小向则开着一条渔船，带着客人逛峡江。小向带客人上山游玩，就随时挖些树根，回家打磨成根雕，有客人喜欢的，就几十几百地卖给客人；他还捡石头，遇到有型有样的石头，被客人看中，也会卖出去。

就这样，在他们两口子手上，什么都能变成收入。在青石，他们是率先进入另一种生活方式的家庭，他们精明能干，学会了讨生活的新本领。

在三峡蓄水前，中华蚊母随处可见，当地人给这种植物起了个很土的名字：石柯子。蓄水之后，它们只能永久淹没在水下，水涨水落它们都再也不能露出来，当然无法再生存下去，成了峡江地区濒于灭绝的植物品种之一。

失去的就不能再回来。比如水下那座村庄，小易忧虑，可能连自己的女儿，也想不起小时候曾经住过的青石的模样了。小易跟客人说不清当年的青石村的样子，这让她很难堪。她打算去搜集一些老东西，比如过去的背篓、筐子、石磨，乃至一件村姑的旧衣服。她不是为了钱，而是想让客人们了解他们的过去，他们曾经有过的生活。

河湾：山与水的节拍

邹师傅努力为我描述从前青石村的样子。

在这个小小的河湾，村庄背山面水，它的窄窄的青石街道、弯曲的石砌台阶通向码头，一条古来有之的纤夫古道连着村庄的两端——多么漂亮的山河，多么漂亮的人居。在峡江地区，几乎所有的村镇都是这个模样，与山水相依，有繁忙的码头，临河而上的街道和店铺，见多识广的码头人，他们对外人友善而有礼貌，他们学会在自己的穷山恶水中生存，这儿出生爽直憨厚的水手、精明能干的女子——1883年进入峡江的英国地理学家立德对此赞叹不已，说，这个地方的人，让他领略到特别美好的风气。

对于搏命的江湖来说，峡江的河湾往往是一个舒缓的停顿、一次开阔的休整。夔门险峻，水势如跌，偏偏在江心又生出一块巨石，号称滟滪堆。水涨时它没入水中，水落时它露出水面。峡江的船户看着这块石头行船，以它为标识，当水势汹涌它没入水中时，船夫是不贸然行船的。他们会在夔府的码头上置酒狂饮，等待巨大的滟滪堆露出预示着平安的头顶。

依河湾筑城，按水势行船，这是峡江的生活准则。一条生路，一条死路，依循的是山水的性子，是路线问题，也是江湖原则。两千多年来，峡江地区的居民，就这样延续着他们的生活。

对于险恶的江湖，他们向来处变不惊。

比如，翻船是常有的事，比如，救人是常有的事。小易笑嘻嘻地讲故事，说，有一天一条船翻了，几十头猪掉进了江里，他们就去江里打捞，捞出来六七头大猪。客轮上的旅客都笑，说，这地方人好怪，把猪养在长江里。

邹师傅则说，以往会在夜里遇到上边险滩船"打皮"，如果是客船，他们全村人就得赶紧划着划子去救人。到了客船边，旅客都很惊慌，全都挤着往划子上跳，这可是很危险的啊，弄不好划子就被挤翻了。

这就是他们过往的生活。现在的三峡是一马平川，这样的事儿早已成为陈年旧事了。温顺的峡江，不再有传奇。外人听他们讲这些，只是传说。

但是河湾依然存在，虽然水涨了，淹没了沿河的滩涂、山嘴，但是河湾依然是山河的漂亮图形。河湾是山对河的退让，是河对山的拥护。舒缓的河湾，繁衍出人居，过往的文明，由河湾产生。

大昌新镇深圳路杨家妈妈六十多岁，曾经是大昌古镇的居民。大昌位于大宁河的一个大河湾，面对着大宁河小三峡的滴翠峡口。大昌古镇曾经是一个富庶的小镇，镇子在河边，沿岸是缓缓铺落下来的山坡，山坡上种植的麦子青青，油菜金黄，桃花梨花芬芳。它曾经是一个县治所在，因为大宁河上游的大宁县（今巫溪县）出产盐和煤，大宁河成为运盐煤的通道，兴盛繁华。三峡蓄水以后，回水到达大昌以上，大昌古镇被彻底淹没了。杨妈妈告诉我，十年以前，来自全国的游客来看这座著名的古镇，一条长街上开着各种老式店铺，他们家家户户都开店铺。十年以后，她成为新镇居民，这个镇子是移民新镇，沿河被淹没的村庄，全部搬迁到这里。他们家家的门、板壁、檩条、楼板，都是从老屋拆下来装在新居的。这是历史的印痕，看上去十分不协调，却表达了他们对于古老村镇的几分守望。

大昌新镇上有太多的门面，顾客却寥寥无几。这是移民新村的一个景观，除了名字，别的都不复存在。这个镇子的街道一律被命名为"深圳路"——是三峡水利工程的标志。人们没有了土地，河流也不能提供给他们较多的就业机会，他们只能守着新房子闲散地打发日子。我在杨妈妈家坐了两三个小时，她的烟摊只卖给我一包烟。但是川渝人民就像他们的祖先一样，似乎习惯了这种更改中求生存的命运，杨妈妈和老伴带着五岁的小孙女守着家，儿子和媳妇则到重庆打工去了。她给我指她家原来的方向，那是镇子前边的那个河湾，现在是一片汪洋的水域。

杨妈妈是很想得开的人，相比于迁到外地的乡亲，她觉得她还是不错的，让她有些惋惜的是，那个古老的大昌镇没办法恢复了。当地政府把旧城拆来的砖石铺板搬到新镇，重建了一座大昌古镇，但是这个用旧材料搭建的新城，更像个展览模型。杨妈妈摇摇头说：不是那个古镇喽，古镇早淹了，在水底下。

大溪口也在水底下。秭归也是，云阳也是，奉节也是，万州也是……这些在水底下的城镇，意味着上百万人的额头上贴上了"移民"两个字。移民，在我们这个古老国家，可不算新鲜，俗话说，山不转水转，水顺山势，人随山水而居。在三峡地区就是这样，在一座座新的城市里，人们开始了他们的另一种生活，连带着居住位置的变化，也包含了他们生存方式的变化。

大溪古镇正对着瞿塘峡口。虽然十年过去了，当年拆下的烂砖碎瓦还杂乱地摆在岸边，一截土墙边长着碗粗的橘子树，挂着金黄的橘子却无人采摘。有一个叫刘国栋的老人，74岁，他不愿意搬迁到新镇，这些被遗留的、尚未被水淹没的橘子树，被他守护着。当年从繁华的大溪古镇穿过的石头台阶，现在只剩下了最顶部的一段，台阶尽头有一棵两三人合抱的黄桷树，根部粗壮扭曲，枝繁叶茂，见证着古老的岁月。刘国栋，这位大溪古镇遗迹最后的守望者，是一个孤寡老人，他每天看着瞿塘峡口的船来船往，并不觉得孤独。因为旁边的一家，是90岁的裴安才和55岁的外甥曹河召，相比于这一家，刘国栋觉得自己过得好得多了。因为邻居这一家，是户口已经外迁却不愿迁走的。出生于1922年的裴安才是见过大世面的，他知道皇城根，知道大栅栏。1942年，他在坡地上种庄稼，过来一队去广西的国军，拉他去当挑夫，给部队挑子弹，然后他就被强留下，成了抗日军队中的一员，他随着部队到湖北，到广西，一路都是日本飞机的轰炸。解放后他回到祖辈居住的大溪镇。上世纪60年代他妹妹和妹夫饿死在讨饭的路上，留下一个三四岁的外甥，他就收养了，就是现在和他住在一起的曹河召。这个外甥有些智障，天天在镇上帮人做些力气活，看到我们和老人说话，他提着一瓶白酒过来，不断地招呼我们：来，来！喝酒，喝酒！裴安才老人一家在十年前大昌古镇搬迁的时候，外迁移民到湖北，但是他在这地方住了七十多年，实在不习惯去湖北，所以他也像刘国栋一样，回到这里，捡了废砖断瓦、别人丢弃的旧门板，搭建了一个简单的房子。他最大的烦恼是，按照户口，他们舅甥俩是湖北人了，别人会不会允许他们一直在这个地方住下去。

这是大溪古镇的最后一点地盘，是古镇靠近山坡的顶头，叫九间店。地上是老屋的屋基，还有残垣断壁、几块方正带着洞眼的柱石和圆圆的青石门墩。这应该是从前的一排店铺，从宋代时，这个镇子就这样，南宋大诗人陆游任夔州通判，乘船上峡江，就在大溪口住了一夜。大溪古镇对面，有著名的大溪文化遗址，那是五六千年前的新石器文化，意味着人居文明的由来已久。

大溪口是一个漂亮的河湾，古老的人类知道如何选择居处——五六千年前，祖先在这里打造石器，烧制陶器，坡地上收割，江里边打鱼，依山傍水居住过日子。

论地势，河湾是河流对山的依从，是山对河流的退让。论风景，河湾是漂亮的弧形，沿岸的人居充满了诗歌般的田园风情。论实用，山湾里的田地生长庄稼，山坡上的树林贡献水果，是大自然给人类最好的栖息之地。所以在峡江地区，那些热闹的城镇和村庄，无一例外，都在河湾。

万州就是这样一个城市。长江在这里拐出一个巨大的弯，使得这片谷地像是一弯美丽的新月。江对岸的一列低山缓慢延伸下来，一直伸到大江，与这面的河湾遥相呼应。沿着河湾则摆放着一座漂亮的城市——号称"万川毕汇、万商云集"的万州。

2003年，随着三峡蓄水135米以上，万州大部分被淹没。从前位于城市高处的西山，成了城市最底部。曾有民谣：万县有个钟鼓楼，半截伸在云里头。现在，这个半截在云里头的钟鼓楼成了滨江大道上的一个陈旧的遗迹。1930年修建的钟楼，变成了新万州城的一个古老痕迹。

高大盘曲的黄桷树、一两层楼高的棕榈树，还有像太白金星一样垂着长胡须的小叶榕、一丛丛搭成天棚的修竹，暗示着这座城市的悠久。透过楼群的缝隙，可以看到街面楼房的背后隐藏的历史的秘密，那些深深垂落的台阶、台阶边的一幢幢灰黑色的老砖墙，乃至街的名字"电报街"，都能让人感受到过往岁月的痕迹。它有高达几十层的楼群，有现代化的商场和步行街，也有伸入大街背后的小巷，青砖台阶两边摆满了小吃摊，甚至还有算命的摊位。这些小街上也是店铺密集，每个店铺都在做生意，而不是一种旅游装饰。

长江上停泊着各式大船，有一艘名叫"维多利亚号"的大游轮，正鸣响汽笛停泊在港口，声音悠长不止，仿佛是在炫耀它的奢华。但是就在港口边，见惯不怪的市民们坐在竹椅上，看着江景喝着茶；一群妇女，正在江边洗衣服，她们在长江里就像在家门口的溪水中，赤脚站在水里，江边摆满了大大小小的洗衣盆，五颜六色的衣服在江水中浮荡着。

在城市中心热闹的高笋塘，一家时尚商店的门口，有一个漂亮女孩儿，她鲜亮的穿着让人惊异，发型是一种无法描述的潮流形式，灰色棉短裙，灰色的毛衣，肩上则是一条咖啡色的带着流苏的披肩，她提着一只别致的布包，正在打电话，手机碰着耳垂上细长的耳坠，反射着晶莹的光泽。离她两步远的台阶上，则坐着一个五十多岁的"棒棒"（挑夫），穿着军绿服、解放鞋，他抱着扁担和一捆绳子，兴味十足地看着眼前匆匆走过的人流，好像是在观赏街景，又像是在等他的生意。

这个女孩和这位"棒棒"，他们都是被叫作"移民"的。由于很多沿江村镇被淹没，村镇搬迁，失地的农民多，改变了原来生活方式的城镇居民也多，他们共居一座城市，习惯另一种生活。他们或走出故乡，在外求生存，或安居城市，延续着可能的生活方式。

就如同河湾是山和水的彼此呼应，人们的生活方式也是人和自然调适的表现。这种和谐的节拍，是生存发展的前提。送我们离开青石的时候，青石的邹师傅扛着一把锄头，去他房后的坡地上锄地。三十年的水手生活，不妨碍他侍弄这点儿瘦瘠却又宝贵的坡地。

坡地上豌豆开着白色粉色的花朵，蚕豆花儿眨闪着紫色黑色的眼眸，这些开花的植物，把这些山石薄土的山坡打扮得漂漂亮亮。邹师傅举起锄头的时候，我们的摄影师举起了相机，定格了这一瞬——这是一个峡江水手的另一种生活，他正在努力去适应变化了的峡江。

图书在版编目（CIP）数据

大地的初心 / 丁小村著 . -- 桂林 : 漓江出版社，
2025. 1. -- ISBN 978-7-5407-8612-0

Ⅰ . I267

中国国家版本馆 CIP 数据核字第 20243PC092 号

大地的初心
DADI DE CHUXIN

丁小村　著

出 版 人　刘迪才
出版统筹　文龙玉
责任编辑　宗珊珊
助理编辑　潘潇琦
特约编辑　雅　子
装帧设计　集贤文化
责任监印　黄菲菲

出版发行　漓江出版社有限公司
社　　址　广西桂林市南环路 22 号
邮　　编　541002
发行电话　010-85891290　0773-2582200
邮购热线　0773-2582200
网　　址　www.lijiangbooks.com
微信公众号　lijiangpress

印　　制　河北赛文印刷有限公司
开　　本　880 mm×1230 mm　1/32
印　　张　10.75
字　　数　229 千字
版　　次　2025 年 1 月第 1 版
印　　次　2025 年 1 月第 1 次印刷
书　　号　ISBN 978-7-5407-8612-0
定　　价　68.00 元